Última paragem, Massamá

Copyright do texto ©2016 Pedro Vieira
O autor é representado pela agência literária Bookoffice (http://bookoffice.booktailors.com/)
Copyright da edição ©2016 Escrituras Editora

Todos os direitos desta edição cedidos à
Escrituras Editora e Distribuidora de Livros Ltda.
Rua Maestro Callia, 123 - Vila Mariana - São Paulo - SP - 04012-100
Tel.: (11) 5904-4499 / Fax: (11) 5904-4495
escrituras@escrituras.com.br
www.escrituras.com.br

Criadores da Coleção Ponte Velha
António Osório (Portugal) e Carlos Nejar (Brasil)

Diretor editorial **Raimundo Gadelha**
Coordenação editorial **Mariana Cardoso**
Assistente editorial **Gabriel Antonio Urquiri**
Capa, projeto gráfico e diagramação **Studio Horus**
Revisão **Paulo Teixeira**
Impressão **Arvato Bertelsmann**

Dados Internacionais de Catalogação na Publicação (CIP)
(Câmara Brasileira do Livro, SP, Brasil)

Vieira, Pedro
  Última paragem, Massamá / Pedro Vieira. -
São Paulo: Escrituras Editora, 2016. - (Coleção
Ponte Velha)

ISBN 978-85-7531-661-0

1. Romance português I. Título. II. Série.

15-09391   CDD-869

Índices para catálogo sistemático:
1. Literatura portuguesa   869

Edição apoiada pela Direção-Geral do Livro,
dos Arquivos e das Bibliotecas/ Portugal

Impresso no Brasil
Printed in Brazil

Pedro Vieira

Última paragem, Massamá

escrituras
São Paulo, 2016

But hey, where have you been
if you go, I will surely die we're chained
The Pixies

Ao meu pai, onde estiver

Floresta de Teutoburgo, 9 d. C.
Confrontado com a derrocada dos homens às suas ordens,
Públio Quintílio Varo escolheria o suicídio como forma
de sublimar o fracasso. Caíra na armadilha de Armínio,
em quem depositara a confiança, dir-se-ia muito depois
que não devem colocar-se todos os ovos no mesmo cesto.

AGORA E NA HORA DA NOSSA MORTE E ÁMEN, a refrega vai dar-se dentro de minutos, escolhidos num desdobrável impresso a quatro cores, bem aparado e composto, cortesia da companhia dos comboios, hora escolhida por ser mais próxima do levantar, de manhã é que se começa a morte, a mesma palavra duas vezes na mesma frase, esta é uma mulher que esgotou já os talentos literários, entre outros. A hora, então. Às 07h26 Vanessa vai deixar-se trucidar por uma composição vinda de Meleças, zona onde a promessa de vida a meia dúzia de minutos da Cidade entronca com a linha do Oeste e com as paredes salpicadas de tags de Mira Sintra, nome que é toda uma rasteira, sobretudo porque não nos faz olhar para o ponto onde se está, mas sim para o horizonte, goze-se a vista idílica de Byron entre outros demônios, esqueça-se o betão esfarrapado, os andares encavalitados, os comboios que partem a horas certas. É a vocação suíça de Meleças, enviar composições no tiquetaque dos dias sem grandes falhas, composições repletas de gente que tem de ter atenção à distância entre a plataforma e a carruagem, como avisam as vozes monótonas do operador, cuidado com a saúde, as entorses e a quebra de expectativas tanto na entrada como na saída. Cuidado.

Mas isso só para quem quer dar sequência à vida de todos os dias, ou pelo menos de segunda a sexta, ao fim de semana lave-se o carro afogado na poeira e no terror do preço dos combustíveis. Vanessa não quer "dar sequência", vai mesmo ficar por aqui, aos 37 anos de idade, já o decidiu. Há uma razão, chamada Lucas. Um homem, razão como qualquer outra que possa servir de justificação ao fatalismo que nos embebe as páginas da tradição mais ou menos letrada, quem somos nós para armarmos ao excepcional, quem busca risos e cores utiliza outros canais. Lucas presta-se a deixar Vanessa sem recorrer a carris ou a locomotivas, comido pela doença dos paneleiros, como diz o povoléu à boca cheia, como diz o pai de Vanessa, Fernando, à boca pequena e à qual falta um ou outro molar. Antes que ele – Lucas – saia pelo seu pé a mulher oferecerá o corpo ao manifesto. Deste homem que também nos vai deixar tratará quem vier atrás, logo após o cerrar de portas.

Diz-se: condição prévia ao cerrar é a abri-las. Um encontro fortuito, uma mulher que procura emprego no Centro que o tem no nome, embora nem sempre cumpra o que é de sua graça. Lucas ao balcão, todo ele perfeição, computadores e formulários e apêndices, clips enfileirados por cores, cada um é para o que nasce. Vanessa na contagem decrescente das senhas, a sala repleta e guardada por um vigilante, não vá a nova classe de inadaptados e descartáveis ou tão somente chupistas ou indigentes rebelar-se contra o sistema de números e precedências. O assomar de empatia entre este homem e esta mulher haveria de dar-se neste lugar com chão forrado a linóleo, encardido, com imperfeições, como o são todas as relações, e a deles não será excepção, pretensão gordurosa a de quem anuncia a candura aos quatro, sete, 167 ventos. Com o número 167, Vanessa sabe que a sua vez chegará dentro de seis, sete minutos, 360 ou 420 segundos, uma mulher que gosta de contas de cabeça, de pormenorizar, de matar o tempo, de matar-se a tempo de não se sentir vazia.

Aqui é Massamá-Barcaren, a decisão não necessita de hífen ou de outros apoios, está tomada. A protagonista prefere despedaçar-se a sentir a bola na garganta, o ardor nos olhos, não está na sua mão salvar quem lhe interessa, é a palavra certa, Lucas interessa-lhe, sobretudo como presença viva, e ela sente que deve sair primeiro, pela esquerda baixa, lado pelo qual circula a locomotiva, atrelada a centenas de pessoas embebidas em carapaças de metal. Ela sabe que os dados já estão lançados, que não tarda a ficar só, é altura de olhar pela última vez para trás de si, para aquele promontório onde transpira desconfiança a agora abandonada Loja de África, há anos que Vanessa imagina ver sair de lá uma fornada de pretinhos embrulhados, para oferta, sobretudo no Natal, altura em que a generosidade escorre da carteira para fora em gorgolejos de euro, que tanto pagam pretos como *chinoiseries* e bibelôs, mas àquela loja deu-lhe para sorrir com os vidros partidos. À volta o abandono, agora apimentado pela presença de inúmeros cilindros de betão que prometem uma nova civilização subterrânea a partir de data incerta. Do outro lado da linha estão os tapumes, "Beto ama Janice", maldita terra que sempre tenta esconder qualquer coisa e escrever outra por cima, e a indignidade de velar misérias mesmo que em campo aberto; sucede que dentro de minutos tudo isso contará muito pouco para Vanessa, aliás, não se pode dizer que alguma vez tenha perdido cinco minutos, 300 segundos ou menos a pensar nisso, ali é local de embarque rumo à Cidade, não de macaquinhos no sótão.

Por ora, sabemos que Lucas está doente, por culpa própria, Vanessa foi a primeira a apontar-lho. Um dia destes, uma página destas, falar-se-á de João, terceiro vértice deste triângulo, Vanessa não lhe guarda rancor, nem sequer algo que lhe amachuque a disposição.

E atenção:

Esta mulher é prosaica, simplesmente não quer sepultar o marido, ela que a espaços se sentiu enterrada viva, sufocada em interrogações, não está interessada em pó, em lama, muito menos em cinzas, Lucas haveria de desejar uma parolice pegada para a despedida, as cinzas na Boca do Inferno, a poeira espalhada aos pés de uma árvore, puta que o pariu e deus me (a) perdoe. Agradecida anos a fio pela sua presença, mesmo que a espaços, mesmo que em cacos, Vanessa não se conforma com a saída de fininho do homem junto de quem se despiu pela primeira vez

"habilitações literárias?"
"9.º ano. Incompleto"

que isso de dar o corpo aos olhos dos homens já sucedera, pior é ter de confessar, de assumir a farda da mulher desorientada

"tem o formulário pronto para entrega?"
"ajude-me antes aqui a preencher isto. E a morada é a dos meus pais, mas não me ligue para lá, tenho andado por outros sítios"

Dobrar os joelhos, mexer a língua, coisas que se tiram de letra, se viemos nus ao mundo que mal tem reforçar a ideia, mostrar o que temos de frágil é que é pior, e encontrar quem nos apare os golpes, isso sim é euromilhões de orelha, rabo, volta à praça e saída em ombros. Lucas haveria de segurá-la pelos colarinhos da autoestima. E de pô-la nos eixos da confiança, da casa-trabalho-casa, da necessidade de consolo possível de satisfazer. Depois trataria de partir tudo, baralhar e voltar a dar, irritantemente, sem sair do mesmo sítio. Aí entra João. Mais a doença. Daí sairá Vanessa. Faltam dois minutos e picos, 127 segundos, pouca-terra, pouca-terra, é só o que ela pede. Ou pelo menos que lhe seja leve. Já se veem as pupilas do senhor maquinista, a espiral acaba de começar.

O massacre de três legiões às ordens de Varo em Teutoburgo não foi só um desaire militar de peso; em Roma centenas de famílias chorariam a perda dos seus, lá longe, sem poderem sequer colocar nas bocas dos seus mortos as moedas da praxe. Há muito pouco valor num dano colateral, num dado estatístico, sem rosto. Ninguém quer contar a história de um dano colateral.

RESSUSCITOU AO TERCEIRO DIA, quarta-feira, conforme as escrituras, e subiu aos céus, onde está sentado à direita de Luana, na carruagem que vai parar muito pouco depois, a caminho do trabalho. Edson e Luana, como Amílcar e Lúcia, Rui e Jessica, pares sorteados hoje de manhã, de entre aqueles que têm a sorte de chegar ao passe dito social, passaporte em direção ao desenvolvimento, à Cidade. Por causa do acidente, Edson vai chegar atrasado à hipótese de trabalho, situação que o prejudica. À hora em que chegar à esquina onde todos os manajeiros recolhem os braços e pernas do dia as furgonetas já estarão cheias, será meia-volta volver. Luana podia tê-lo avisado, tinha tido um pressentimento no momento em que pôs a bota Bata dentro do trem, um daqueles sinais que quase sempre se confirmam. Quando tal não acontece a hipótese de catástrofe não deixa de lhe marear a cabeça, desde pequena que imagina dedos distraídos a serem castigados na rodela metálica onde se sacode o açúcar do algodão doce, os compinchas de bailarico de subúrbio a lamberem os beiços, Luana a sentir aquele gelo na nuca. A reboque destas certezas e medos Luana cabe na prateleira dos inconvenientes que carregam no

"eu bem te avisei"
"digo-te isto porque só quero o teu bem"

só não queria que te atrasasses, Edson, que não desses o dia por perdido, todos os euros contam para comprar a passagem em direção a São Paulo, há de ser em Maio, se as promoções ajudarem, e a saúde, e os trabalhos a dias, não necessariamente de espanador em riste, nesta terra pós-idealista a foice deixou de acompanhar o martelo para andar a par com o escopro, na obra, e quem sabe este ano o campeonato vai para o Grêmio, quem dera ter um gaúcho com quem comemorar. Mesmo que à distância. A esta hora já os camaradas da margem sul chegaram ao *callcenter* da jorna, quem não está, estivesse. Quando souber a causa da travagem brusca, Edson há de reconsiderar a frustração, há de sentir-se mal por Vanessa mesmo sem nunca lhe ter posto a vista em cima, compreenderá.

Luana, menos generosa para com os estranhos que se nos atravessam nos carris, há de praguejar, remoer, pôr as culpas numa vaca de merda que lhe hipotecou a hipótese de chegar mais cedo à loja de tecidos onde trabalha, ainda por cima a Sandra há de ir lá deixar umas chitas novas, umas cusquices velhas, e se não a apanha de manhã da parte da tarde já não se consegue aturar,

"já paravas com os xanaxes, com essas tangas, à tarde ninguém te atura, Sandra, olha para o que diz o senhor da narração"

e um indivíduo escreve precisamente para isto, para ser citado, mesmo que no próprio texto, para ser apelidado de senhor, com letra pequena, as maiúsculas estão reservadas para outros poderes.

Sandra compreende as maravilhas da automedicação, como tantos outros que a rodeiam. A Luana os drunfes causam-lhe repulsa, lembram-lhe a mãe, outros enredos, que não cabem aqui.

Quando o comboio der por finda a viagem, Edson ainda há de correr em direção à Churrasqueira ali à beira-estádio, há de deslizar na calcetagem miúda, no alcatrão graúdo, baterá com o nariz numa porta que não há, acontece-nos a todos e todos os dias, quem nunca alimentou ilusões irracionais que atire a primeira pedra, mesmo que das mais pequeninas, ou *whatever*, como tanto se ouve dizer por essas repartições, esplanadas e balcões fora.

Sinal do inglês a espalhar-se, agora desde tenra idade junto dos nossos petizes, como Luana, a espalhar-se, mas, ao comprido, o gelo na nuca a pretexto de uma travagem brusca, a espinha em água se alguém lhe aparece de repente, pais avisados ter-lhe-iam posto Pavor como segundo nome. Mas aquela mãe... e partir daqui nem mais uma referência velada a essa senhora, aqui não se anda à caça de efeito-gancho, de continua na próxima semana, *a suivre, les cités d'or, les aventures de tantã*, adjetivo caído em desuso, o que ninguém lamenta.

Graças à Vanessa e à sua decisão nem Edson nem Luana perderão o emprego; ele, porque verdadeiramente não o tem; ela, porque ninguém sentirá a sua falta, o que já é um hábito, muito lúcida nos pressentimentos, muito fraca nas apostas.

Veja-se (leia-se) o penúltimo namorado. O moço que lhe falava na distorção cognitiva das crianças, aquele que as punha a desenhar os próprios pais e com esses traços toscos à conta de viarcos, os mais *trendy*, lápis do chinês, quase todos, tirava ilações de parentalidade desestruturada. Cansava.

E o último, o Zeca? Webmaster de um site goth-pornográfico, responsável pela subcontratação de ilustradores mestres em tinta da china, caninos brilhantes e filtros da Adobe, *sluts* sedentas de ORH negativo, registos pagos, uns euros por mês e dezenas de imagens em alta resolução enviadas para os endereços de email dos famintos reais, tudo em nome do pé-de-meia mensal. Já no lazer o Zeca arriscava conceitualizar. Comprou um aquário. Lá dentro, um peixinho vermelho. Por baixo uma webcam, sempre ligada. Os movimentos do peixe constantemente enviados para um computador. A partir dos movimentos, vetores. Dos vetores, matrizes. Às matrizes atribuíam-se sons e *voilà*, eis o caminho aberto à composição de música aleatória. Um homem e a sua paixão, e um pouco lá mais atrás Luana, impedida de degustar as maravilhas de um dó-ré-mi que não cabe na formatação do menear da anca pop, estrofe A, estrofe B, refrão, estrofe C, refrão, solo de guitarra, estrofe A, estrofe B, refrão, clímax, se possível tudo embrulhado e pronto a entregar em menos de quatro minutos. Uma lógica bestial, se aplicada à vida. Nem sempre é possível.

E Edson a suar frio, ainda não sabe das razões da paragem, sabe que tem uma missão a cumprir, o regresso fugaz a casa, que há de ser em Maio, tem um propósito para além do matar de saudades, e que seria desta historieta se Edson não fizesse parte da CPLP, da pátria, que é o linguajar português, com a palavra saudade ausente deste parágrafo este coprotagonista estaria transformado num bruto, num daqueles estranhos que falam línguas guturais, a quem o fado no sentido de destino nada diz.

Dizia, Edson tem outro propósito, a saudade (viva a língua de Camões) não lhe basta, há um agradecimento a fazer em carne e osso ao seu pastor, aquele que lhe estendeu a mão para o sacar da vida dissoluta, do circuito cachaça-maconha-ressaca-mão armada, aquele que deu rumo à vida deste homem numa lógica de *patriarche* tropical

"vou lhe passar esse dinheiro, vou lhe comprar essa passagem, você merece, renasceu em, por, Jesus"

ao terceiro ou ao trigésimo sétimo dia, tanto faz, as contas de cabeça não lhe interessam, para idiossincrasias com números já escalamos Vanessa, aquela do amor aos pedaços, e Edson é sincero em relação a este domingo de aleluia que demorou a acontecer-lhe), que lhe mortificou a carne e as vontades. Ainda há dias fez um biscate por conta própria, numa daquelas casas que se pintam para disfarçar a idade e as rachas, os donos costumam chamar-lhe "carisma", e Edson insistiu em falar no Senhor, parte filho, parte pai, parte aquela outra coisa que nunca ninguém explicou muito bem, e não é daqui que se vai sair com essa informação "tem um assunto que eu gostava de falar com você, Pedro, eu não sei se tu é crente, mas eu sempre tenho necessidade de falar em Jesus"

e Pedro a desconversar, contratara um pintor de paredes, saíra-lhe um pregador, que há uns minutos já havia introduzido na conversa outras questões teológicas

"detesto minha sogra, rapá, se sogra fosse coisa do Bem Deus também tinha uma"

esta é a cruzada de Edson, abrir caminho para a fé, juntar os cêntimos, comprar a passagem e pagar um pouco da dívida material que ficou para trás, há quem lhe chame evangélico, Edson prefere grato, sabe que não terá outra oportunidade para brilhar se sair do trilho.

Trilho onde o comboio já parou, a locomotiva num horror, as bocas dos mirones num espanto. Luana e Edson hão de chegar atrasados, saberão mais tarde da razão para tal. Mas não saberão das razões para tal. Dessas Vanessa não lhes dará cavaco.

No interior das legiões romanas em campanha formavam-se muitos casais homossexuais, como terá acontecido com São Sérgio e São Baco, mártires da Igreja, legionários ao serviço de Maximiano, duzentos anos após a desgraça de Teutoburgo. Um sinal de que as desgraças não se ficaram pela margem de lá do Reno, em 9 depois de Cristo.

DE JOÃO PODE DIZER-SE QUE O APODO DE BAPTISTA lhe assenta como fato cortado à medida, em alfaiate a preceito, almofada de alfinetes no pulso a fazer as vezes de coração de Senhora das Dores, cravejado de punhais que não preenchem a cova de um dente, mas que marcam. João, aquele que batiza, que é como quem diz, aquele que absolve e limpa, proporcionando a outrem uma vida nova livre de pecado pelo menos até à próxima (primeira?) vez.

Neste caso diríamos que o João em causa não procurou enfiar os pés no rio Jordão, não buscou esse papel, de batista, que lhe iria parar às mãos em benefício e prejuízo de Lucas, este João limitou-se a ser. Ponto. Bancário empenhado e com cargo de relativa categoria, uma carreira impoluta, daquelas invejadas e sobre as quais se lançam os anátemas do costume

"se foi promovido é porque anda a comer a chefe"

não é preciso agir com dolo, desafiar a competência dos outros ou sequer pisoteá-los com mais ou menos requinte; os que o rodeiam tratam de programar o pagode, fazer a festa, lançar os foguetes, apanhar as canas

"já andou no minete com a Conceição, disse-me o Antunes"
"quem quiser vê-lo é dar uma volta no IC19 à beira do Requinte"

almas simples, se soubessem das preferências do João, morto por andar com ele entalado entre as pernas, como se diz na linguagem do sarrafo, dos balneários de povo sarrudo e chuteiras enlameadas, aliás, os vômitos que lhe dá a colônia barata da Conceição, a conversa de tetra pak da Conceição, à base de plástico, insensível à luz, ao frio, ao calor, à vida que interessa, ainda se ao menos preservasse algum paladar, algum sabor, maldita insipidez em forma de mulher sem pingo de interesse, tratasse este livro de dicionários de sinônimos e Conceição acasalava com Banalidade, nunca com João, e não foi por falta de tentativas que o cântaro nunca chegou à fonte

"o João não gostava de ir hoje ao cinema?"
não gostava

"o João já tem algum plano para o jantar?"
já tinha

Desta febra não provará, desta água não beberá, embora os abutres do *open space* o garantam e o jurem a pés juntos e à boca cheia. Com aquela ponta de inveja de alguém que não consegue subir na vida às cavalitas da chefe embora suspire por isso, à boleia dela, Conceição, ou diríamos, à canzana das suas madeixas loiras, da mala Tous, das revistas de Sociedade, como se as vidas que ficam de fora destes cancros em papel cuchê não fizessem também elas parte do tecido social, mesmo que não em caxemiras e arminhos. À boleia das ressacas em forma de daiquiri, dos discursos iniciados com um *é* assim, do utilitário encharcado em mau gosto e Tina Turner, e sim, quem quiser que pare neste ponto, que isto que aqui se lê é um compêndio de redundâncias mal-intencionadas. Alinhado, paginado e encadernado como deve ser, à boleia também ele, compêndio, das misérias e glórias dos outros, mais das primeiras do que das segundas, que rareiam.

Ao contrário, as misérias abundam, que seria da literatura e dos agiotas e dos usurários e das porteiras se assim não fosse.

João nunca tirou uma lasca que se veja de Conceição, os seus alvos há muito que são outros, mais testosterona, menos sapatos de salto alto (tem dias), mais arre-macho, menos mala--do-sport-billy-com-tudo-lá-dentro. É um gosto com alicerces bem fincados no subsolo da Cidade, das suas vidas mais ou menos normais, pelo menos da superfície para cima. Corria o ano de mil nove e oitenta, assim mesmo, por extenso e à laia de bagaceira que muito se consome pelas nossas bandas, e na mesma semana em que se despedaçava em Camarate o avião do nosso descontentamento abria o Trumps ao Príncipe Real, geografia cujos pontos cardeais troçam do Norte e preferem o Blush, e assim sucessivamente, como afirmava o velhote dos filmes sobre pentelhos.

Rewind

João no autocarro da Carris, que ainda balançava entre o verde-escuro de dois pisos e o laranja de espaço largo lá atrás, com varão no meio, tugúrios da noite bicha e plataformas de transporte público, a mesma luta, quem nunca se encantou do metal frio e baço que desenlace a primeira perna. A caminho do seu baile de debutante, roupa discreta e indiferenciada como convinha à Cidade modorrenta da época, em que até a bófia alinhava pelo cinzento-rato. O mesmo cinzento das fronhas sentadas no autocarro a condizer com as almas carregadas, um país plúmbeo, palavra medonha, enquanto o Cessna fumegava dezenas de homens eram atraídos às cercanias da escola politécnica, a tentar enlaçar pela cintura um novo mundo, um ambiente mais amniótico, mais protegido.

Daí a poucos anos um barbeiro da zona da rua das Pretas haveria de brincar ao pop e ao rock em frente aos holofotes da tv única, trajando correntes, pijamas e o diabo a sete, o pesadelo dos marialvas da Praça da Alegria. Por agora a tribo aposta na discrição e no espaço que inaugura com a pompa possível, ideal para com base nele constituir família, salvo seja, ou pelo menos para cravar os olhos num imberbe ou num mais batido sem correr risco de levar um tabefe, e andar ao sabor do deleite e do tempo que se tinha. Isto imediatamente antes de as maravilhas da electrônica nos entrarem em força pelas vidas adentro, aqui um relógio casio, ali um despertador com opção entre zumbido e antena de rádio, e de repente estamos afundados no lodo do telefone móvel com horas, toques e tudo, no endereço de correio electrônico, a gente já nem precisa de se encontrar, este jesus blogue que vos fala, esta internet com esfreganços à distância de dois cliques e encontros à distância de um toque ou menos. Toca e foge, aliás, que o tempo a partir de onde narramos não se compadece com demoras. Lá atrás, nos tais oitentas, era outra louça e João era um desses oleiros, à espera de moldar e ser moldado, a imagem não é feliz nem elegante mas as evidências sim, aquele homem que hoje vemos a desbaratar um casamento, a empurrar Vanessa para uma linha do comboio sem sequer precisar de usar as mãos, é o resultado das camadas de vida que lhe passaram pelas mãos e pelo lombo, noves fora nada uma merda, vidas que dão resto de zero nem sequer vale a pena olhar para elas, há quem garanta que nunca sequer saíram do celofane.

A de João, a de Lucas, a de Vanessa, por conveniência da narração, são vidas com dízimas infinitesimais, espalhadas em ínfimas partes e detalhes e amargos e doces de boca. Ligadas umas às outras, na mesma lógica dos autocarros tomados por João no vaivém da descoberta, de casa até à noite e vice-versa, essa lógica de transporte coletivo em que se vai parando em sítios mais recomendáveis do que outros, desde que alguém acione o botão do STOP sabendo à partida que a decisão lhe cabe a si e só a si, umas paragens sem cobertura com vista para o betão, outras mais compostas com telheiro e tudo mas largadas num "baldio com vista para descampado", pleonasmo de sonho que convém assinalar.

Estas três pessoas tomaram a mesma carreira mesmo tendo entrado em paragens diferentes, Lucas no mesmo banco de Vanessa sem ousar explicar-lhe que aquele lugar fazia parte de um lote muito especial, daqueles assinalados com dístico no vidro que apela de forma consistente e autocolante à consciência social. E reservados a pessoas de idade, acompanhantes de crianças de colo e deficientes, bem como a indivíduos com mais do que um plano de vida, mais do que um consorte em vista, João entra pela porta da frente, ufano, ilegal, sem dar importância ao detalhe da obliteração do bilhete e assim acontece, um piscar de olho mesmo que em sentido figurado e já está, um tropeção passa a copo de água de onde a tempestade já transbordou há muito. Disso se falará dentro em pouco, por enquanto fica alinhavada a linha estratégica de João, como gostamos de ver escrito nos manuais de Gestão e Marketing e Tudo, bitola pela qual muitos vão regendo a vidinha, com direito a análise de forças, fraquezas, oportunidades e ameaças. Por exemplo, escrever estas palavras por volta das 2h41 da manhã não é atitude de gente sábia que se preze, de gente que tenha interiorizado os 7 ou 8 ou 19 hábitos das pessoas altamente eficazes, sorte a nossa, que João é desses marmanjos que se dão bem com a metaliteratura, como peixe na água, como bicha na pista, e não nos deixa sós, pelo menos até ganhar alento para enfrentar os touros, mesmo os mais envergonhados, fora da arena, longe do ambiente familiar, dito protegido, há umas linhas atrás.

Por falar em linha, aqueles que estão destinados a viajar por via férrea entre os extremos do Convênio Para a Infelicidade Suburbana, também conhecido como Linha de Sintra ou Comboio que a Pariu hão de amealhar uns minutos gordos de atraso. Vanessa acaba de levantar-se do banco e já não irá ouvir a ladainha do perigo latente entre a plataforma e porta. Os outros, os que vêm atrás, que se preocupem com esses detalhes da sobrevivência. Se não têm pão comam brioches ou croissants com travo amargo a vidas panike, já pré-cozidas, como lhes convém.

O Império Romano entretinha-se mais a pelejar do que a dar música, a si e aos seus fiéis. Ainda assim, por oposição ao gládio, ao pilo, instrumentos de guerra, usava-se a bucina, para soprar, a lira, para dedilhar, sobretudo no aconchego do lar, onde a Moral não costumava ter mais descanso do que nas tendas de campanha. Pelo contrário.

POR ESTA ALTURA o leitor já entendeu a mecânica da história, já percebeu a intenção do narrador em transformar este relato numa monumental entremeada, sacrificada na grelha dos sentimentos mais ou menos comezinhos. A uma tira de carne sucede-se uma de gordura, e assim sucessivamente, pelo que é legítimo perguntar se não valerá a pena centrar as atenções na chicha de Vanessa, João e Lucas, dispensando-se a matéria gorda. E eu permito-me discordar, é da banha que se extraem os sabores mais intensos, é dela que caem os pingos que acicatam o lume, qualquer visita a uma feira ou a um arraial de sindicalistas de camisa escancarada e horror à metrossexualidade permitirá comprová-lo, não almejo a novidade mas o respeito pelo molde, gostar do courato, do desperdício é também uma forma de ser canônico, se um dia se cruzar com um Harold Bloom especialista em chispalhada, pergunte-lhe.

A entremeada, então. Dentro da composição que há de ceifar, Vanessa viaja uma moça, que é um doce; Patrícia, apostada em singrar, em fazer carreira, mas mantendo a consciência limpa; na sua mala a tiracolo transporta parte da bibliografia aconselhada para a cadeira de *Técnicas de negociação, motivação e liderança*, uma das fatias do bolo de Gestão no qual esta moça se alistou, como quem tenta orientar o futuro com base em uma matrícula. O que preocupa é que no ato de inscrição o numerário ou equivalente tem mais importância do que a identidade

"sim, a fotocópia do BI, a do contribuinte, muito bem, mas traz o cheque consigo? Não se esqueça de que a primeira mensalidade é a duplicar, tem de pagar à caução"

o ensino nem sempre superior a assumir uma lógica preventiva, eles sabem do que é que a casa gasta, do quanto os homens e as mulheres gostam de mudar, de driblar, de abandonar a embarcação à vista de outros bugios de sucesso mais ou menos arenoso, as pessoas que cursaram Gestão e que lideram estas agremiações entendem necessária essa prevenção, e talvez devêssemos comportar-nos sempre assim,

"estás doido por mim, sim senhor, mas dá-me já de avanço uns carinhos em duplicado, é uma caução, é uma forma de ficares comigo depois de te ires embora"

isto mas em registro mais sofisticado, obedecendo às técnicas de negociação que Patrícia traz consigo a tiracolo, com civilidade, sem descabelamentos nem mão pesada a bater no peito como quem brada

"por quem me tomas, sou honrado e sincero nos meus sentimentos, e mais: quem paga adiantado acaba mal servido"

no fundo é o que se passa entre todos nós, relações de serviço, avaliações custo/benefício no estar com alguém, no ferrar o dente em alguém, mesmo que por umas horas, lá porque nos meandros da Gestão se fala em canais de distribuição, em publicidade no ponto de venda, não queiramos circunscrever estes conceitos às vendas a metro, também nós somos produtos, embora Patrícia ainda não creia nestas analogias, diz-se até que mais tarde fraquejará no momento de construir uma carreira de executiva, de mulher que executa, palavra que tantas vezes anda de mão dada com a pena capital, são assim os amores, são assim os mercados, quem vacila normalmente cai.

Importa saber negociar, como diz o canhenho transportado por esta moça toldada pelos bons sentimentos, pelas *good vibes*, como se vai dizendo, *Seja inflexível com os problemas e flexível com as pessoas*, anuncia a toda a largura de papel cuchê mate de baixo estrato o tal manual para uma vida levada a bom porto, o que é uma forma menos castiça de grafar *Engana o menino e come-lhe o pão*, como diz o povoléu que nunca cursou sabedorias privadas pagas a peso de outro, daquele, glabro, bem-sucedido, em quem Patrícia pondera transformar-se – falhará no propósito – e que dará os denários por bem empregues no adquirir de competências, outro conceito que poderia ser importado para a nossa necessidade de consolo raras vezes possível de satisfazer.

Se Lucas viesse com um relatório de competências à vista, pendurado ao pescoço, Vanessa poderia não estar na situação atual, se pudesse tê-lo lido como quem consulta um catálogo tudo seria mais fácil, menos imprevisto, mais repouso, menos sal, ainda assim.

Já Patrícia não se questiona nestes termos, almeja uma boa profissão, uma vida folgada e sem sobressaltos e sobretudo sem calcar quem anda à sua volta, fica-lhe bem a *naïvité*, repare-se, esta francesice é ouro sobre azul num capítulo que se anunciou sob o lema da gordura, do carvão acicatado, a inocência de Patrícia dá ponta, excita, sobretudo quando percebemos que ela é tão pop delicodoce nas atitudes como nos gostos musicais, uma grelha de sentimentos que mais parece uma *playlist* escolhida a dedo, entre outras partes do corpo muito menos atrevidas, esta é uma rapariga de respeito.

À hora em que esta composição marcha a toda a velocidade em direção à Cidade, com paragem obrigatória por efeito de desgraça em Massamá-Barcarena, Patrícia vai embalada pelos acordes dos Vampire Weekend sem prestar atenção à senhora preta que prega no meio da carruagem, que anuncia o apocalipse e as virtudes da ingestão de frutas e legumes, que se arroga o direito de aconselhar por obrigação de Fé, *é importante deitar cedo, levantar cedo,* berra ela aos ignaros e eu garanto que Patrícia não a despreza, não é militante ateísta, até quis guardar o fatinho da primeira comunhão numa cômoda própria que vai enfeitando a casa dos pais, nem se toma de soberbas em relação à mulher que parece já não fechar muito bem a gaveta das ideias, simplesmente foi engolida pela simplicidade de composição de uma banda estrangeira, americana – garante a imprensa especializada – que já bebeu noutros lugares; melhor, que já fez a síntese do que ouviu, que já descobriu a melhor forma de construir pontes com os melômanos deste mundo e do outro, de Brooklyn a Rio de Mouro um oceano de distância mas só em teoria, também na música há quem pareça ter assimilado os ensinamentos básicos da Gestão e derivados, *qualquer negociador tem dois tipos de interesses: na relação e na substância,* quanto a esta última estamos conversados, é de gabarito e meia dúzia de acordes. No que toca à relação é olhar para Patrícia, os olhos fechados, o sorriso entre--aberto, um isolamento açucarado em relação ao que a rodeia, às vidas alheias que não a assaltam, nos ouvidos a malha A Punk, é a forma suave de Patrícia gritar *no future,* nem sabe ela quanto, uma malha que reza assim

I saw Johanna down in the subway
que é como quem diz Patrícia, ou Sónia ou Catarina ou outra das suas amigas que como ela se embalam no metro de segunda a sexta, de lá para cá, ao sábado à noite só para lá, o táxi trata do resto depois de algumas coroas gastas em cervejas que insistem a saber a tudo menos cevada, em daiquiris que são uma forma de trazermos um sabor a punta cana no coração

She took an apartment in Washington Heights
só porque não sabe onde fica a Tercena, a Rinchoa, a cidade que ainda não o é com as vistas postas naquela que insiste em sê-lo, cada vez mais vazia no seu seio, que os Censos não mentem,

Half of the ring lies here with me
meia joia, meio compromisso, Patrícia sabe o que isso é, por mais de uma ocasião já estendeu os dedos para a paixão enganosa que se sela com um destes bricabraques, mas não há anel facetado e generoso em brilhos que garanta sempre uma "boa continuação", como dizem os senhores das repartições, um desejo de "boa continuação" está até ao alcance de qualquer estranho que se nos atravesse no caminho, o que não quer dizer que o resultado seja dos bons, é-nos lançado sem critério, "boa continuação", pim. Veja-se (ouça-se) aqueles que nos entregam os embrulhos expedidos em correio expresso contra uma simples rubrica, desde que legível, eu e Patrícia até gostamos de gajos suados e com pressa mas alto aí com as confidências *a assinatura legível senão os gajos depois chateiam lá na firma, sabes como é que é,* assim, na segunda pessoa, como se tivéssemos cursado juntos as maravilhas da tropa

"Patríciaquê?" uma dúvida de leitura que é só um pretexto para alongar a conversa durante o segundo impreciso de um casio digital, os prazeres curtos de quem saltita de serviço em serviço em contrarrelógio, e já gozam

But the other half's at the bottom of the sea
a metade perdida, quem sabe lançada às malvas, ao mar, com dolo, com intenção, por uma Johanna que podia ser Patrícia, que podia ser Vanessa, irmanadas por vidas que até se assemelham, são pop nos momentos mais doces e descartáveis e passageiros, são sal grosso na ferida quando menos convém, que diabo, a felicidade em três minutos e meio também é de menos, mas faz parte deste jogo, de todos os jogos. Por falar nisso, pelo som agudo deste chiar de rodas nos carris percebemos que Vanessa ganha vantagem. 1 a 0 sobre Lucas. Quando muito, no final da narração, teremos direito a um empate.

*Roma era asseada, higiênica, tratava dos seus com garbo
e cheiros sãos. Pelo menos dos que podia. Escravos, proscritos,
aleijados mantinham-se afastados dos banhos públicos por razões
inalienáveis. Quanto aos outros, cidadãos de peito feito e pleno
direito, frequentavam-nos. Aos banhos, bem entendido.
Aos rapazes, nem sempre. Era conforme.*

DEITADO NUMA DAQUELAS CAMAS DE MANIVELA aos pés da cama, nunca virados para a porta, a sabedoria popular garante que tal orientação dá azar e irrita as parcas, Lucas reflete, no sentido em que a vida aponta para ele e sai de lá espelhada, nas equimoses, nas faces cavadas, nos olhos afundados. Não está em posição de refletir como quem pensa com profundidade, os anos de temperança e sobriedade e pensamento encadeado ficaram muito lá para trás, como naquelas camionetas de excursão ou visita de estudo, as coisas boas nos bancos traseiros, a realidade dos marrões, dos professores, da doença filha da puta, com arraiais assentes nos lugares da frente. Se o discernimento não fosse uma palavra estranha, uma excrescência dispensável, Lucas saberia mapear, traçar o caminho que o trouxe até aqui, ao hospital, daqueles com traça antiga, umidade nas paredes, corpo médico competente e funerária no passeio do outro lado da rua, os abutres devoram-se a si mesmos, como é que dizia a cantiga? Os abutres, os vampiros, seja como for, gente, coisas com asas, aladas, que escarnecem de quem não os acompanha pelos ares exceto quando se lambem as portas da morte, eternidade para os tolos, *the end* para os cínicos, venha o Lucas e escolha.

Aliás, já o fez. Escolheu e esbarrou de focinho contra o estado terminal em que se encontra, é uma expressão à qual sempre achou graça, estado, doente terminal, como quem chega ao final da viagem de autocarro, de metro, é favor abandonar a composição, leve os seus pertences, não se deixe entalar pelas portas, pelas contrariedades, e no estado em que este homem se encontra abandonar é saída airosa, já nada o prende aqui, a estes lençóis repassados, com hálito a lavandaria pública, com memória de outros mortos, ou até de outras curas, nos casos de sorte. Ou nos casos de mero adiamento, de ilusão mascarada de tempo concedido, mesmo a quem não o merece.

Se alguma vez tivesse pensado em apanhar, em agarrar pelos cornos o VIH, Lucas saberia que todos os cuidados são (eram, seriam, o tempo verbal ao gosto do freguês encharcado em libido e urgências) poucos. Que é necessário reagir aos sinais, que a coincidência de febres, dores de cabeça e de estômago, dos músculos e das articulações pode estar relacionada com a fase aguda de incubação do vírus, como dizem os entendidos, os verdadeiros doutores, com pedigree, não aqueles aleijados mentais amparados por um canudo comprado numa cloaca de esquina, a escrita a romanizar-se como quem pisca o olho ao cabeçalho do capítulo, tudo isto tem um propósito, uma teia de relações. Mais a fadiga, até uma ligeira perda de peso, o mal-estar generalizado, como quem sente no corpo a vida macerada que despreza, por outras razões mais mundanas. Acontece que Lucas torrou as munições da lucidez desde muito cedo, da infância titubeante até ao momento em que singrou na carreira da disfunção pública, ao serviço de outros e em benefício de si, do emprego para a vida toda, da progressão automática, ui, caramba, se a vida fosse toda assim, evolução garantida ao fim de um ou dois pares de anos, no amor zás, na amizade, catrapus, sempre a subir de andaime em andaime, sem ferrugem nos dedos, sem limalhas na garganta (a de Lucas tão espessada, a dificuldade em engolir), sem vertigens nem olhares de cima para baixo (as náuseas de Lucas, os comprimidos a destempo, o vírus a galopar na garupa deste desgraçado), sempre na rota ascendente, isso é que era doce, meu querido, no momento em que sentiste uma picadela entre as pernas pela primeira vez à vista de um macho, de um garrano empinado, talhaste com o teu machado, blábláblá, é assim a nossa narrativa clássica, o horror, o drama, a tragédia, como num guião manhoso de *reality freakshow*.

A fricção, a incomodidade do entrepernas foi-se instalando em Lucas sem que ele desse por isso, mesmo antes de resgatar Vanessa à vida de dentes no asfalto, de língua no alcatrão, a espaços os homens do quotidiano caíam-lhe no goto sem que o admitisse, sem que houvesse um mínimo esforço em relacionar causa e efeito, que diabo, um tipo com a vida orientada não corre o risco da mariquice descontextualizada, sem antecedentes, sem catrapiscar os coleguinhas de escola, sem gostar especialmente do duche escolar, sem sentir pica com as "amostras" à pila feitas no pátio pelos matulões da turma. Objetivo: embaraço. Consequência: mocinhas em fuga pelo pátio fora, mochilas desembestadas e tranças ao vento e gargalhada, escárnio, haverá bicho mais cruel que uma criancinha de escola, bem ou mal-intencionada, tanto faz, todos diferentes, todos iguais na moléstia ao semelhante, Jesus Cristo em sendo vivo teria muito que batalhar pelo adágio "não faças aos outros aquilo que não gostas que te façam a ti", adiante.

Lucas apanhado desprevenido, na mesa da tasca do costume, a apreciar pelo canto do olho, a espaços pelo olho inteiro, vidrado, o preto retinto que almoça com um amigo, matando saudades da Angola natal por via da tagarelice, do linguajar fanfarrão, armado de fato caqui e peúga branca, em sinal de paz desde há uma meia dúzia de anos, Savimbi morto, Savimbi posto, cara ossuda, pele limpa, e Lucas sem saber trincar com preceito a entremeada acompanhada de batata congelada, há rimas que são um degredo pegado, mesmo que involuntárias como é o caso desta. A nossa terra isto, o nosso progresso aquilo, o patrício que insiste em ostentar um bigode perigosamente *démodé*, com exceção de uma certa zona de animação noturna da Cidade, muito concorrida, muito grafitada, aí o pêlo-de-buço-mais-farfalhudo ainda campeia, modas *indie* e o caralho, dizia, o patrício do bigode não faz tanto as maravilhas de Lucas, o outro sim, o que garante a pés juntos não ser assim a forma de apresentar uma cabidela, o empregado franzido, engelhado pela vida de esgoto, garante que sim,

"é uma cabidela à nossa moda, uma cabidela, como é que a queria?"

"na minha terra é mais seca, com as perrrrrnas da galinha à mostrrrrrra"

Lucas encantado com este trilhar da língua entre os dentes da frente, o tinto da casa a potenciar as inanidades que lhe vão martelando as vontades inconfessáveis,

"pois, aqui a galinha está escondida mas está lá, também é boa"

más-línguas defendem que o modo de ser nacional também é assim, saboroso mas dissimulado, orgulhoso dos seus paladares mas refundido, com medo de falhar, de passar por putedo se tiver a alma demasiado à mostra, olhe-se para este homem do leva-e-traz, com o abre-garrafas à ilharga, com alma toldada à diferença, a este Lucas não dedica mais do que um par de olhares que ainda assim ajudam à narração, pelos olhos dele, que mais tarde, daqui a nada, hão de aterrar em João, motivo da sua desgraça, passam as imagens deste homem de camisa branca que serve o preto em ademanes de caqui, inversão de polaridades de uma terra que descolonizou, que não vive lá muito bem consigo própria. As faces ruborizadas pelos maus hábitos, a espinha encurvada, o cabelo um tudo-nada gorduroso, cremes e amaciadores e outros cuidados são coisas do gajedo, este homem prefere gritar para a copa

"dá uma de carapaus"

com as sobrancelhas quase juntas, muito arqueadas, como quem acaba de anunciar a canonização do Condestável, sinal de que nunca por nunca estes carapaus poderão vir servidos com molho à espanhola, olha o ultraje, olha a vergonha, Aljubarrota aqui e agora, e sempre, das covas de lobo há um homem que chama pelo cauteleiro, o meu, o nosso herói das travessas e vida de inox, faz-lhe sinal,

"venha cá vender uma, mas só se for das premiadas, veja lá"

avisa, hoje é dia de andar à roda, como a cabeça de Lucas à vista de um tipo que desdenha dos nossos temperos, do nosso sangue que empastela o arroz carolino sem especial piedade. Na mesa contígua o preto usa o iá em lugar do sim, fala em dólares em lugar de euros, entra pelos olhos de Lucas adentro sem que ele o refira nas suas memórias, sobretudo agora, que fede, que se desmonta numa cama do sistema nacional de saúde, sem zonas de recepção arraçadas de hotel de luxo, sem chão encerado e sorrisos afivelados do pessoal médico e auxiliar, Lucas está prestes a entrar naquele túnel luminoso que povoa a imaginação dos néscios e os documentários da televisão por cabo, se Bosch o pintou quem somos nós, idiotas no que às trinchas diz respeito, para negá-lo. Dentro de minutos fecha-se a cortina, da vida de Lucas mas não deste relato, que continuará a cambalear entre o cá e o lá, entre as vidas úteis e fúteis, entre jovens que adoram fazer mestrados e que entregam teses e que se empregam em serviços de auricular preso à cabeça e às vontades e aos humores dos interlocutores-clientes, superlativo presente do indicador, ou lá o que é, e outras experiências, outras marcas em carne viva (a melhor, dizem). Sobretudo não se diga que estas palavras amontoadas não sabem a nada, antes o fel que o insípido, se fizerem o favor de o avalizar.

A Europa Ocidental estava preparada para o situacionismo desde a Roma dita antiga. O seu enxame de mercados, prostíbulos, tabernas, esquinas de vendilhões, painéis publicitários cuidadosamente pintados, poderia ter aberto as portas a um Debord de toga e sandálias ou similar. Até havia ruas pavimentadas, sob cujos paralelepípedos poderia ser encontrada la plage, *como se tentou séculos depois. O comércio sempre deu guarida e suores frios a muita gente.*

NOS DIAS EM QUE NINGUÉM ENTRELAÇA A VIDA com a frente de uma locomotiva o comboio, os comboios, desaguam na Cidade e entregam de bandeja centos de trabalhadores do comércio à hora da labuta. E que ninguém pense cingi-los ao setor terciário; a bem do comércio, lato, trabalhamos todos, seja em favor dos produtos frescos, galhardos, ou dos congelados, úteis mas com muito menos caráter, como muitos de nós, até. Em favor dos panos, seguros, passamanarias, peças de ourivesaria, bricabraques, altas e baixas finanças, operações turísticas. Também da hotelaria e restauração, dos serviços da carne e dos prazeres úmidos conexos, dos seguros de vida que bem vistas as coisas afinal são de morte, mas não convém usar sempre o léxico correto, para não se afugentar as clientelas.

    Luana lembra-se de há muitos anos ter visto um folheto publicitário relativo a este assunto. A frase promocional era inequívoca "seja radical, faça um seguro de funeral", escrita sobre uma fotografia na qual quatro maduros esbanjavam energia num bote de borracha a brincar aos *raftings*, sempre fomos um povo de poetas, lá está, ninguém como nós para embarcar em rimas, mesmo que pneumáticas, salpicados por lodos, rápidos e viscos, lazer e um caixão escolhido a dedo, tempos depois apareceria uma daquelas séries americanas cheia de predicados que banalizaria a montra de féretros, os planos antecipados de enterro, flores e músicas incluídas, mas isso são coisas do estrangeiro, por cá alguém teve a ousadia de propor um slogan untado de honestidade, a ideia foi chumbada pela massa consumidora, abertura de espíritos mas com parcimónia, não é necessário falar assim abertamente do que nos espera, aliás, até nos especializamos em matizar o corriqueiro, veja-se a canja de galinha que passou a "caldo de aves" nos melhores ou não tão bons menus de casamento, o contínuo que passou a "auxiliar de educação", o entrecosto travestido de piano de porco, esta tem graça, fornadas e mais fornadas de compositores criaram para um instrumento nobre que, anos mais tarde, viria a ser acasalado no linguajar português com o mais vil dos animais, aquele que magotes de muçulmanos e judeus não querem ver nem pintado, muito menos cozinhado, se bem que tem a sua graça, imaginar as Bodas de Fígaro com Secretos, a Tosca de Porco Preto, por aí fora.

Na Baixa da Cidade, onde Luana trabalha, não seria estranho ver tais declinações, seja para tentar a novidade junto dos compatriotas, seja para fisgar os turistas desprevenidos, mas a Luana isso pouco importa, leva o farnel na mala aconchegado num saco térmico muito jeitoso que o cunhado lhe arranjou na multinacional dos gelados e dos filetes, o que seria das nossas vidas, da vida dela sem os brindes, transporta consigo a sopa diária que nem sempre traga, exigências da mãe-galinha, mais o estrugido preparado com o que houver às mãos, esquerda e direita, nesta família não há daquelas superstições que ditam uma culinária preparada pelos dextros,

"o meu irmão Fábio já viu uma cena na cabo com aqueles carecas que andam de laranja, os tipos só mexem no tacho com a mão direita"

"'tás a gozar, foda-se"

'tás a gozar, foda-se a frase a que temos, a que Luana tem direito, é uma espécie de mantra das suas relações, já houve um tempo em que as vistas reduzidas das suas amizades lhe faziam espécie, agora não se importa com nada, mergulhou de cabeça na vida casa-comboio-cidade-comboio-casa, com honrosas exceções de fim de semana – já houve madrugadas de sábado em que voltou para casa de táxi, rachado com as amigas, depois de uma noite de farra e makas numa pista de dança africana –, fartou-se do farnel mas atura-o porque o NIB não lhe permite comer de faca e garfo e toalha de papel e azeitonas no pratinho nos tugúrios da Cidade, enfeitados com aquela luz roxa que compromete as esperanças da mais otimista das varejeiras, elas como nós, que insistimos em marrar por onde brilha

"o meu irmão Fábio diz que na Alemanha o salário mínimo é 2000 euros ou mais, o gajo quer ir para lá"

"'tás a gozar, foda-se"

Luana vê-os através da montra atafulhada de tules, flanelas e bombazines, os rolos compressores que a espezinham, a aprisionam a uma vida de tédio, *valham-me os dias em que a Sandra vem cá pôr a conversa em dia*, às vezes em hora, tal é a velocidade a que corre a intriga e a calhandrice, Luana vê-os, alemães e outros, a torrarem euros como se não houvesse amanhã, com os bonés e panamás mesmo ridículos, os guias de Lissabon Über Alles enfiados no sovaco, as meias brancas a emparelharem com as sandálias

"dizem que na tecnologia ninguém bate os gajos"

"então e os americanos?"

quando a sofisticação máxima a que Luana pode almejar passa por dar um golpe de tesoura na ponta da peça e a partir daí rasga-a a direito, como se fosse um x-ato humano, clap, clap,

clap, rico consolo, saber cortar um metro por outro tanto sem recurso a instrumentos de precisão e informáticas,

"o que os Alemães adoram águas com gás"

coisa de gente evoluída que também anda de comboio, que também vai e volta do trabalho, não são só vidas de idílio embora o garrote dos euros seja mais folgadinho; lá, nas lojas de tecidos, não há robôs Volkswagen pejados de luzinhas a cortar a direito, ouviste Luana?

Não estava a prestar atenção, lembrava-se antes do dia em que uma cara conhecida do Cacém, ou de lá perto, tinha entrado afoita pela porta da loja com o sentido numa sarja, ou lá o que era, qualquer coisa econômica que serviria de base a um vestido, cortado e costurado em casa para pôr as artes em dia e poupar no *prêt-a-porter*, pelo trajar Vanessa haveria de expressar contentamento com o fim do curso de culinária do Centro de Emprego, encaminhada por Lucas nos tempos do enamoramento, do piscar de olho,

"no dia da entrega do certificado não te quero com um ar trapeiro"
"um homem preocupado com modelitos, quem é que eu fui arranjar, meu deus"
"quem desdenha quer comprar"

E pensar que eu poderia completar o capítulo só com lugares--comuns, chavões da nossa identidade colectiva que não se dissolve, pelo menos faria desviar os olhares destes dois, que se enrolam com beijos de língua, à francesa

"como é que será que os alemães beijam?"

com amassos de corpo, mãos gulosas, é feio espiolhar a felicidade dos outros, todos sabemos que é passageira, não vale a pena convencê-los a partilhá-la com estranhos "a senhora sabe costurar?"

"tenho umas luzes, de quando vivia com a minha mãe, ela ajudou muitos anos num alfaiate, punha entretelas nos fatos de homem e assim"

"é uma sorte, pode fazer coisas à sua medida, ao seu gosto"

"eu tento, mas tenho falhado muito"

"pelo menos tenta"

Desde aí tinham-se visto com mais regularidade nas carruagens que andam cá e lá, já se permitiam acenos de cabeça, sorrisos cúmplices à beira da Avenida dos Bons Amigos, uma toponímia que é todo um programa, quem nunca vendeu umas bainhas de felicidade a outrem que atire o primeiro carrinho de linhas, ahaha, piada de costura e algibeira, lateral, com interesse mínimo, objetivo aligeirar, quando meses depois Vanessa se desfizer aos bocados ante o olhar embasbacado de centenas de utentes da linha de Sintra, Luana há de ver confirmado o mau pressentimento que a tinha arrepiado, há de maldizer a vaca de merda que atrasou a vida de toda a gente, há de ficar sem pinga de sangue quando perceber que foi a moça da sarja que desistiu de tentar.

"e os alemães, por que é que se suicidam os alemães?"

Na altura da desgraça de Teutoburgo, e mesmo antes e depois, servir o exército romano era competência do cidadão, patrício ou plebeu, aliás, a defesa e a expansão das fronteiras do Império estavam dependentes do sangue (muito), suor (muito) e lágrimas (abundantes, provenientes de homens mais ou menos "sensíveis", como se convencionou grafar nos tempos do politicamente correcto) vertidas pelos homens de Roma, nascidos na urbe ou nos arredores, de gema ou assimilados, núbios chamados Cláudio, Mário, Gauleses chamados Clódio, Públio. A ausência das legiões por inaptidão ou por acaso fortuito marcava a alma, a reputação de um cidadão como um ferrete. Alguém do seu círculo próximo acabava muitas vezes por pagar por isso.

A TUA MÃE MORREU mas não penses que tens rédea solta, cadela dum raio, ou obedeces ou levas
Levava
Já te avisei, não te faças de sonsa, com orelhas moucas, sabes que essa merda me enerva
É muito simples despachar em duas penadas um dia típico, um estereótipo, os comportamentos têm padrões, as reacções idem, as consequências também, há núcleos de relações que se parecem muito com aquelas pecinhas de dominó que se derrubam em cadeia, Vanessa viu-as inúmeras vezes na televisão, primeiro a preto e branco, nos tempos mais felizes, asserção que quase nunca é verdadeira, afinal temos tendência a dourar a pílula do que já passou, dantes é que era bom, aquele crápula filho da puta que depois de morto se torna um anjinho, daqueles ilustrados e muito coloridos distribuídos nos pogroms do catecismo, quer dizer, nos encontros com a fé, quando se podia afastar os maus elementos, separar o trigo do joio, afinal de contas nos tais tempos do aparelho Philips sem telecomando, da mãe viva, do pai zombeteiro ao invés de amargo, do mago das searas Sousa Veloso, as vivências não eram pêra doce, as culpas

dividas irmãmente entre a falta do graveto, como se diz por aí, a superstição materna, as aflições de bairro, o temperamento de Fernando, e mais as questões que não matam mas moem, a falta de autocarros, alguém um dia ainda há de fazer um estudo sobre o impacto desta falta na infelicidade dos portugueses, há por aí tanto doutorando em transportes e similares e ninguém pega no que realmente importa, e também se engordava com as paranóias da insegurança, ontem como hoje, ampliadas pelo aparelho a preto e branco a debitar crimes de cabo-verdianos (pretos) que têm muito apetite pelos fígados das crianças (brancas), é preciso pô-las de prevenção, cantar-lhes a ladainha "preto da Guiné, lava a cara com chulé", a ver se lhes ganham medo e distância.

Por esses dias, por estes, até, não há encantos palpáveis quando se vive na zona onde se recolhem autocarros – nunca teremos os suficientes – e onde começam a surgir as camionetas de carreira, é todo um novo paradigma, quando se habita numa espécie de terra de ninguém que assume código postal da Cidade mas que pertence a outro concelho, quando uma pessoa se arrasta de arcada em arcada para se abrigar da chuva, arcadas essas que servem de ninho aos cafés amigos da luz fluorescente, das mesas que já nem sequer são de fórmica, patrocínio oblige, daquela fritadeira roxa em forma de holocausto das moscas, lá bebe-se a bica da praxe, sobretudo ao domingo depois do almoço, altura em que a maralha do Padre Cruz, nome de santo para uma terra pouco abençoada, invade a malha urbana, juntamente com o povo do Altinho, pretos que nem tições, e os saloios mecanizados de Santo Elói e dos enclaves entre A-da-Beja, Casal do Rato e Serra da Mira, é sobretudo aos domingos que também se sente com mais força o bafo dos frangos assados no churrasco, e o cheiro a gasolina que vem dos carros em ponto-morto, condição que tanto serve bestas mecânicas com pistons como vidas humanas, parqueados em segunda fila, que aguardam a metade com piripíri mais a metade só com molho, e as batatas tipo pala-pala e o vasilhame com a meia dúzia de azeitonas, no caso dos farnéis mais fartos.

Só Fernando não tinha repouso aos domingos, graças aos serviços de praça por conta de outrem, uma profissão como qualquer outra quando não se é dono da licença, quando é a própria vida que está por conta de outrem, acelerar, travar, levar, trazer, trancar o taxímetro e amealhar 30% da corrida enquanto os restantes 70 ficam no bolso do proprietário, que fica a coçá-los no sofá enquanto a malta arranha, Fernando pensava muito nestes termos e noutras circunstâncias, os grandes isto, os poderosos aquilo, os chupistas aqueloutro, mas ainda assim tratava de levar a vida para a frente, mesmo que a toque de barriga e aos empurrões, pelo menos enquanto Filomena foi viva, diga-se até que Santa Filomena também é nome de bairro com as garras afiadas, com a cólera à solta, alguém com muito sentido de humor, Deus, o acaso ou os urbanistas, o que é tudo mais ou menos a mesma coisa, trata de casar ódios das periferias com os mártires do classicismo cristão, uma sorte São Sebastião não ser uma zona de utilitários em chamas após jornadas de raiva pela morte de mais um chavalo que gosta de desafiar a autoridade com cabriolas, com negaças, com bólides roubados nas barbas dos agentes

Apanhas um balázio que te fodes, mano

Filomena, então, que morreu de desistência, deixouse ir, acontece aos melhores e também aos piores, em tempos conheci, conhecemos todos, alguém que não hesitava em bradar

Desistir é próprio dos fracos

O que é uma tontaria, um grosseiro erro de avaliação, há questões pelas quais não vale a pena uma vida inteira a marrar contra a parede, só para entrever um fogacho de sucesso, e neste caso nem isso, poder-se-ia falar até numa espécie de tradição familiar, esta é uma gente que gosta de se deixar levar, por Deus, pelos acasos, pela repetição de analogias (*mea culpa*), pelo tédio das suas relações (culpa deles), o pequeníssimo lado solar da alma de Fernando apagou-se com a saída da mulher entre pinho envernizado e cetins fúnebres, antes até se davam ao luxo de ir um pouco mais além das arcadas do bairro nos dias de folga do macho alfa, que não o era assim tanto, já vamos constatá-lo, tomavam alento e davam às de vila-diogo em direção ao Shopping, ao monstro anacrônico e colorido plantado em frente a uma quinta que não desiste dos seus espantalhos, das suas picotas, dos seus poços, e lá dentro no Shopping, no calor do Shopping, no embalo do Shopping a rotina parecia um pouco mais doce, sabia bem gozar o pagode às custas do casal de gordos que insiste em dar refrigerantes ao petiz maiorzinho

O meu mais velho adora coca-cola

enquanto o recém-nascido abre os olhinhos para a realidade a que se vai habituar nos próximos anos, uma realidade com som ambiente, com banda sonora, com fontes que jorram água em floreados e a toque de caixa para gáudio dos basbaques e dos solitários, fontes com ademanes de toureiro, olé reformados, olé desocupados, e lá para cima, por todo o lado, velhos que paulatinamente enfiam as batatas no molho de alho do pronto a comer, na tentativa de dar sabor a um dia a dia de horizonte curto, curtinho, em tempos puxaram a manta da felicidade para a zona da cabeça, agora resta-lhes suspirar por uns dias de pés ao léu, se possível não muito sofridos, alheios a fraldas e humilhações. Os velhos, ignorados por Fernando e Filomena nos seus melhores dias, quando a boa disposição brotava e a atenção tinha alvos definidos

Viste os chinelos da gorda, aquela lá do fundo?

A da coca-cola?

Claro, gorda que nem um texugo, e os putos vão pelo mesmo caminho, uns pais daqueles, porra, só à chapada

clamava ufano o cientista social de bolso, sempre acutilante, observador, disposto a distribuir prebendas e moral pelos tapadinhos que não encaixam na sua visão das coisas, uma bazófia que no fundo servia para encobrir fragilidades, cão que ladra não morde, povo sabichão este, que tem sentença para tudo, na maior parte das vezes acertada, Fernando, zombeteiro nos seus tempos melhores, bilioso depois da desistência de Filomena

e a Vanessa é que paga

disse-lhe aqui há atrasado um amigo mais afoito ao balcão do snack-bar Canal 90, pretexto para uma saraivada de soco e pontapé por parte do ex-taxista, do ex-biscateiro, do ex-tudo e mais alguma coisa, importante era manter a vida à tona da água, Mete-te na tua vida, filho da puta

Camadas e camadas de raça, de testosterona, para manter numa zona estanque a frustração de nunca ter servido realmente para nada, nem sequer para andar à bazucada aos turras, armados de canhangulos carregados de pimenta, uma comédia, aqueles macacos aos urros a cercarem a coluna, as colunas, onde Fernando nunca serviu, para mal dos seus pecados e da sua consciência mas para bem do seu couro, sempre se manteve longe do capim, por uma unha negra, às vezes recorda-se do dia em que foi para a parada ouvir em voz alta a lista dos infelizes, dos convocados para a refrega que se incendiava nas províncias, o alívio com o final da chamada e as calças mijadas de pavor, bem-aventurado o padrão camuflado que ajudou a esconder as vergonhas, o embaraço da sorte, ele que conheceu magalas que ficaram longe de África por intervenção de padrinhos, de borregos e presuntos entregues nas mãos certas, de capelões que engraçavam com cabos e se o vice-versa não se verificava fingia-se o que era necessário para não esticar o pernil às mãos de um UPA, de um escanzelado da FRELIMO. Salvar o couro, então, mesmo esgadanhado por um pai-nosso mais atrevido. Fernando não chegou a precisar de uma dessas intervenções personalizadas, Deus, o acaso, os truques da narração, mantiveram-no em terra. Mas cheio de ses. Se tivesse lá ido mostrava o meu valor. Se ao menos Filomena não tivesse abandonado o jogo a meio. Se Vanessa olhasse para ele com olhos de ver. Se.

A partir de determinada altura Roma começou a cantar loas ao cementizio, ao opus caementicium, *argamassa indispensável aos sonhos grandiosos dos homens proeminentes do Império, responsáveis pelo crescimento desmesurado do sector da construção, ontem como hoje. No cavar dos alicerces, no malabarismo dos andaimes, milhares de cidadãos e de escravos, muitos deles migrantes à força, despojos de guerra com sangue nas veias, ao serviço das obras do regime: o Tabularium de Sila, o Fórum de César, o Teatro de Pompeu. Dos anônimos com as mãos na massa não rezam as Histórias com agá grande. Mas nas de letra minúscula têm lugar cativo.*

A PARTIR DO DIA EM QUE EDSON DESCOBRIR as possibilidades da internet, a postura de coca-bichinhos no que toca a trabalho será aliviada, poderá deitar a vida à jorna, à peça, para trás das costas, deixar de fossar por um lugar na furgoneta das oportunidades, só faz falta quem lá está, conversa e ciência de capataz. Por agora o atraso provocado pelo mergulho de Vanessa ainda causa suores frios, como já vimos há uns caracteres atrás, mas dentro de um par de dias Edson vai cruzar-se na Cidade com um compatriota, Silas, sinal auspicioso o encontro com alguém que carrega o nome de um líder cristão, de um condutor de boas novas e rebanhos, companheiro do incensado Paulo de Tarso, homem de *griffe*, portanto, e com as dicas certas. E uma boa agenda no bolso das calças surradas, que já não combinam com nenhuma camiseta, deixemos a vaidade para quem sabe ou pode.

À boleia de Silas, e sem ter como objetivo a chegada a Antioquia, outras épocas, outras prioridades, Edson conseguirá encontrar um lugar onde suar as estopinhas mas com algum preceito, haverá até lugar a um contrato, a papéis reais e carimbados e tudo,

"aqui tem a sua autorização de residência"

a uma vida nova que não estará presa por arames (graças a Deus que estamos num país irmão), antes sólida, cumprindo os cuidados da higiene e segurança no trabalho e nas expectativas.

Não será exagerado afirmar que a cara de Silas, tisnada pelo sol, também brilha de camaradagem e generosidade, a um ponto tal que Edson verá nele mais uma dádiva divina do que um homem de carne, osso, pele e unhas, humores, medos e secreções, rancores e tudo a que tem (temos) direito.

Um anjo da guarda, não um santinho-do-pau-oco, desses Edson já teve a sua conta, muito chapinha, muito cara legal, camarada de surva, beleza, até vir a primeira bofetada de luva branca, a espaços de mão calejada, não esquecer a zorra tremenda, a confusão instalada na casa sobrealugada nos arredores da Cidade mas com estupenda vista para a CRIL, serpente inacabada de betão, e nesse camarote encontramos três homens e uma mulher, um piscar de olho na direção de Edson, um comprometimento sem papel passado, uma cara metade encontrada no exílio autoimposto, na alegria e na tristeza, na saúde e na doença, excepto quando o favorito de ocasião vira costas e aí outro entra na liça, que é como quem diz na alcova, pelo menos até ao dia em que Edson, o iludido – todos devíamos usar cognomes nesta terra de muito longas tradições dinásticas – regressa mais cedo do batente e surpreende Márcio no seu lugar de macho alfa, quem sabe se Alex já não o fez também, daí ao cisma e às lágrimas vai um pequeno passo, segue-se o empacotar de roupas e ilusões, a procura de novo poiso noutras periferias, dessa vez com a prioridade para as acessibilidades, dentro do razoável, claro, as esperanças deste rei tadinho acabarão por aterrar no coração do núcleo Algueirão-Mem Martins anos depois do turbilhão heroinómano que varreu as redondezas. O que não quer dizer que a zona seja já campo livre dos binómios isqueiro/colher, cavalo/limão, parece até coisa de crianças, braço/garrote, como se trauteássemos uma cantilena, ao aterrar na zona com os pés já bem dentro do século XXI Edson já não assistirá ao pior dos mundos, também não o terá, ao mundo, a seus pés, para tal precisaria de outros antecedentes, de outros pontos de apoio muito bem desenhados, como naqueles manuais de sistemas de construções onde tudo faz sentido, o dia a dia como um esboço limpinho já passado a borrachas, com as imperfeições aparadas, sem surpresas nem dissabores nem alicerces pessoais em derrocada, com necessidade de correções e amparos

"o que tu precisa é de um patrão maneiro, sério, tu tem de te promover, cara"

evangelho segundo Silas, dá até vontade de beijá-lo na boca, não fosse o exclusivo da paneleirice desta história estar entregue a João e Lucas, eles sim homens que se lambuzam, que se dão um ao outro, que trazem o pior de Vanessa ao de cima, Edson e Silas não vão por esse caminho, em nome do pai do filho e do espírito santo que não tem actividade conhecida no Conde Redondo ou similares, não se embrulha numa dinâmica barba-com-barba, Silas é anjo protector sem interesses escondidos na manga, fará com que Edson descubra o poder do online, e não me refiro ainda às redes sociais, esse emaranhado de mensagens, vídeos, comentários, links, frases curtas e lapidares, certezas muitas, reflexões mais ou menos, de vontades abrasivas, o que raio quer dizer um lol, fiquemo-nos por uma vertente mais utilitária da rede

"tem cara que procura trabalho com anúncio grátis, isso funciona"
"sério?"
"na moral, dita teus preceitos e te ajudo a botar na net"

de forma a ombrear com outros mais expeditos que já puseram o seu perfil à mostra há mais tempo, com direito a fotografia e minicatálogo de especialidades, moços sérios e trabalhadores e sem medo da mobilidade, afinal de contas já trazem consigo todo um Atlântico de desterro, a saber,

olá chamo-me Aílton Santos da Silva, tenho 22 anos e sou brasileiro legalizado, cheguei a Portugal para mudar minha vida e melhorar minha vida e para trabalhar, estou disponível para trabalhar em qualquer cidade de Portugal, se possível com alojamento, aceito qualquer trabalho, o meu número é 96 blábláblá

nome Anderson sou brasileiro tenho 26 anos sou servente e aceito trabalho na construção tenho esperiencia contato 93 bláblá desponibilidade imediata

meu nome é Cleber e trabalho construção, uso corda de rapéu, pintura de fachada, servente, moro arredores da Cidade, aceito trabalho em qualquer país da Europa, tenho papéis, tenho ferramentas, trabalho por conta própria contato 93 blábláblá / 96 blábláblá

procuro trabalho em qualquer cidade de Portugal, experiência como estucador, servente e pré-oficial, tenho minhas ferramentas, estou legalizado. Polivalente, pintura, experiência em pladur, preferência com alojamento, meu telefone é 96 blábláblá Jonathas B.

e por aí fora, Edson vai encontrar melhores sortes do que as que se esparramam todos os dias em frente à Churrasqueira à beira-estádio às primeiras horas do dia, ou debaixo do viaduto que dá para o Grande Centro Comercial com nome de aventureiro e de grande descobridor, as vidas que se passeiam por ali também são de trevas com adamastores à espreita, também se lhes partem cabos e às vezes são vidas a andar de capa, tal é a fúria das tempestades caseiras e a ineficácia dos lemes, de pouco lhes servem as velas latinas quando se anda aos tombos, mesmo os calados mais altos deixam entrar água, às bátegas, e que dizer dos canhões de proa, inúteis, farrapos, não se pode disparar contra o destino, da zona em frente ao Grande Centro partem vidas em muitas direcções, Casal dos Apréstimos, Pedernais, Senhor Roubado via Serra da Luz, Casal Novo, Casal do Bispo, que mania a nossa de andar sempre aos parzinhos, uma mão lava a outra, um corpo cobre, protege o outro, é mais fácil aguentar os balanços de mão grudada no braço de outrem, mesmo que a conversa já ande à míngua, que a cumplicidade se esfarele em pequenos nadas, há sempre a hipótese de um dia alguém se levantar e gritar Terra à Vista, uma promessa de existência sólida mesmo que enfeitada de areias, mais terra, menos água salgada, quanto do seu sal, sim, já todos sabemos o desenlace da modinha, Edson dispensa a parte das lágrimas, as agruras teve--as à tripa-forra, mas olha para a frente com otimismo, olá meu nome é edson, tenho experiência em estucagem, parte elétrica, sei passar cabo, montar disjuntor, montar quadro geral, fio de terra, eta palavra recorrente, trago ferramenta, busca-pólo, alicate, trabalho em qualquer parte, de preferência na Cidade ou em volta, tomo o comboio e chego na moleza, a não ser nos dias em que alguém como Vanessa, desprezando a doença de terceiros, se lança à linha à procura de um ponto final, parágrafo.

Como este.

A gastronomia sempre teve papel de relevo em Roma, como noutras épocas. Preparar, cozinhar, degustar os alimentos faz parte do nosso adn, do nosso viver em sociedade independentemente das classes, que as havia na capital do império, não foi necessário esperar pela vinda do deus-menino em forma de filósofo judeu para se perceber que os patrícios aviavam-se de ganso, borrego, porco, pato ou pombo, enquanto a plebe enganava a fome com alhos, cebolas, cevada, figos, laranjas e nabos, peras e maçãs. Os mais abastados investiam em escravos instruídos que lhes preparavam os repastos, as Cenas, refeição rainha que punha à prova as habilidades dos cativos, que lhes determinava um serão de sossego ou de chibatadas. É a linguagem que estas e outras gentes entendem.

QUIS O DESTINO, também conhecido como Instituto do Emprego e Formação Profissional, que Vanessa e Lucas se cruzassem no atendimento ao cliente, ao desempregado, digo, se bem que hoje todos somos clientes disto ou daquilo, os trabalhadores transformaram-se em colaboradores, os doentes em utentes, por aí fora, também nestas relações se pendurou uma novilíngua difícil de retirar, em estilo nódoa de vinho mas sem o prazer da degustação daquilo que não se entornou, um cliente é um cliente é um cliente, ponto, nessa condição Vanessa entrou nas instalações do Instituto em busca de suporte, de uma orientação, de uma forma de manter-se à tona com o queixo acima da linha de água, falou com o vigilante que organiza o fluxo dos desgraçados, um homem ainda jovem armado em porteiro de discoteca, glabro, bem escanhoado e com um penteado à marine dos escalões inferiores, quiçá da luta pela manutenção, este homem está vestido com uma farda 100% sintética, ai de quem lhe chegue um fósforo, à farda como à vida, que é pouco mais sólida do que as daqueles que orienta, ufano, mandão,

"para se inscrever é aqui na sala à direita, siga em frente, tire a senha A e espere que a chamem" e depois há os outros, os das fases mais adiantadas que sobem aos pisos superiores do Centro, aqueles que só têm acesso ao elevador depois da triagem fria do vigilante-porteiro, que obriga os um-tudo-nada-mais-esperançados a um compasso de espera na soleira da porta, enquanto disca o nome dos doutores que orientam as reuniões e que cozinham os Planos Individuais de Emprego, a terminologia burocrata a prometer o que a vida não lhes deu de livre vontade

"doutora Teresa, está aqui o senhor... como é que disse que se chamava?"

"Nelson Carvalho"

"... o senhor Nelson Carvalho... é para subir, doutora? Não sei, diz que perdeu o papel, é sempre o mesmo filme. Ok, doutora, eu digo-lhe.
Suba ao 3.º piso, ao sair do elevador, porta à direita. E bata devagarinho"

"obrigado"

e digamos que Vanessa acabou por arrebanhar a senha certa, conheceu Lucas que ganhou rapidamente o estatuto de agente transformador da sua vida, na saúde e na doença (veremos), na alegria e na tristeza, já sabemos que ficarão juntos, que partilharão casa, quotidiano e situações comezinhas, acontece a todos.

Em paralelo esta mulher alcançará a oportunidade de frequentar um daqueles programas de equivalências, porá parte da Escola em dia, batalhará pela sua instrução e deitará mãos a uma formação de ajudante de cozinha que lhe abrirá outras portas, que lhe proporcionará um outro ofício que não o de vadia, de galdéria, palavra do Senhor (seu pai), primeiro os rudimentos à volta dos fogões, panelas, tachos e condimentos, estrugidos e grelhados, passando pelo cortar, pelo descascar, pelo debulhar, os rudimentos necessários à confecção dos alimentos, até chegar a um grau de sofisticação maior, assados mais complexos, acondicionamento e decoração de pratos, mais tarde falar-se-á até de um caso de uma camarada de Vanessa que há de singrar na carreira, chegando ao ponto de frequentar workshops de canapés e cursos de cozinha de fusão em Armação de Pêra, a bem da formação pessoal e da indústria permanentemente florescente do turismo, hordas de ingleses de pele tostada enquanto alegorias do eterno-retorno. *Low-cost* mas ainda assim eterno-retorno.

Ainda durante o período de formação, Lucas, o funcionário público, e Vanessa, a formanda, estarão a viver juntos na casa dele, que há muito precisava de ser arejada, de ser frequentada por uma presença feminina, este homem sempre deu pouca importância ao que o rodeia, ao seu próprio lar, amargo, lar. As faxinas sempre glosaram o imaginário das greves, ou seja, sempre foram garantidas em regime de serviços mínimos, mais as decorações (inexistentes) e as mudas de roupa (episódicas), Vanessa trouxe frescura a este universo alcatifado, cheio de poeiras pessoais entranhadas na indiferença de quem toca o barco a sós, de quem estranha o conceito de vida partilhada; ela chega, ainda a lamber as feridas de uma juventude em carne viva e já é uma *sunshine of his life* como na música daquele preto cego, Lucas costuma dizer entre gargalhadas que um mal nunca vem só.

O que ela tem de brilho natural ele tem de força e determinação, é um pilar para esta mulher, um garante de rumo, conhecendolhe os antecedentes e parte das misérias ainda assim estendeu-lhe a mão num primeiro cumprimento

"até breve e não se esqueça de trazer o bilhete de identidade e o cartão de contribuinte, podemos tirar aqui as fotocópias"

(passou-bem)

"esta semana, sem falta, entrego-lhe tudo"

(aceno)

e pouco depois já lhe entregava o braço, o corpo todo, poderíamos especular que Vanessa é a filha que ele nunca teve, o que é ridículo, resvalaríamos para um registo de telenovela de baixo custo e pouco gosto, sem gémeos e com poucas cenas de exteriores, este não é o caso, afinal Lucas tem só mais treze anos do que Vanessa, não é nenhum pai de substituição, tem-lhe carinho e amor mas isso não basta, após um par de semanas quer despi-la, fodê-la até lhe faltarem as forças, lamber-lhe o suor e as apreensões, para isso dividem a tal casa em Massamá nas imediações da estação, ambos têm ocupação na Cidade e o comboio à mão de semear é um bem precioso, mesmo que o betão da zona abafe as vistas, as vidas, a circulação, é assim em muitos outros locais e não se morre por isso, aliás, nem todos podem gabar-se de poder dar um pulo ao Rocha, ao Zé das Moelas, para matar a bicho e petiscar em sede própria, lugares que são deuses das pequenas coisas, que oferecem expedientes que ajudam a aliviar a canga dos dias em vai-e-vem, daqui para a Cidade a caminho dos empregos, formações, estudos e vice-versa.

Na casa de Lucas e Vanessa não há uma divisão escrupulosa de tarefas, ambos lavam, passam e fazem compras, à vez ou em simultâneo, ela ainda gosta de pendurar os pés nos carrinhos do Supermercado Japão, o exotismo a que têm direito, o Sol Nascente travestido de subúrbio, ele condescende e empurra quando os empregados não estão a olhar, o raio dos carrinhos que nunca conseguem manter a direção,

"cuidado com isso, miúda!"

Tudo está bem quando acaba bem, isto é, quando não esbarramos numa prateleira forrada a garrafas de azeite, ou num daqueles topos arraçados de instalação arquitectónica à base de latas de conserva, o estardalhaço e ironia que podem vir de uma colisão dessa natureza, pessoas que vivem nos arredores como sardinhas em lata a colidirem com os bons petiscos, com as lulas em escabeche, a cada um a sua colisão e Vanessa tem uma muito mais importante a realizar no final deste novelo em forma de palavras, vai lá agora gastar energias com produtos da cesta básica alimentar. É preciso chegar mais longe, saltar mais alto, ser mais forte. E esta mulher tem uma noção muito própria dos ideais olímpicos, há mesmo quem garanta que lá pelo meio das citações em latim, *citius, fortius*, e o helenismo a sete, se defende a abnegação, o sacrifício pessoal. Ela tratará de cumpri-lo à risca.

A cavalo na expansão imparável do Império, milhares de cidadãos romanos espalharam-se por outras terras, experimentaram outros modos de vida, embora muitos não conseguissem apreender mais mundo. Muitos partiam liberais em usos e costumes e voltavam tacanhos após uns anos de emigração, ciosos de uma pretensa moral caseira mais imaginada que real. Ai, os bárbaros, cornucópia de debochados, maralha imerecedora da pax romana. Naquela época, como noutras, havia muito pouca gente capaz de se olhar ao espelho.

QUANDO ANDAVA DE MAUS FÍGADOS e cama vazia João recordava com amargura a temporada vivida em França como uma espécie de emigrante 2.0. Na altura em que partira já não se andava a salto para o estrangeiro, já não se recorria a contrabandistas e passadores pagos a peso de ouro, deixámos de ser subsarianos, pois claro, em tempos também recorríamos a essa gente invisível que mediante a entrega das economias da família nos punha às portas da civilização, Hendaye a fazer as vezes de Ceuta e Melilla, Tenerife ou Lampedusa, agora já não é assim, temos caminho livre para o eldorado sem sequer precisarmos de sacar do bilhete de identidade, já ninguém quer saber do nosso arquivo de identificação, da nossa filiação, somos cidadãos da Europa civilizada, já ninguém nos enfia em *bateras* à deriva com os braços ao pendurão, ávidos de um punhado de euros e de uma garrafa de água que não esteja salgada, isso é para aquela gentalha de olhos muito amarelos e lábios gretados, ansiosos por darem a dentada naquilo que é nosso,

"mãe, sempre me ligaram de Lyon, vou aceitar a proposta de emprego" "é mesmo isso que queres, João? Nem acredito que queres uma vida dessas para ti. Logo tu, que sempre desprezaste o Carlos e a Sameira, que emigraram para..."

"não tem nada a ver, não me compares com eles, além disso não vou andar a arranhar nas obras, como os parvos dos meus primos"

"chamas-lhes parvos, mas quando deixarem de trabalhar vão ter uma grande reforma e aqui é o tens"

"óptimo, pensa que vou trabalhar para a reforma, a minha e a tua, e que vou encarreirar fora daqui, estou farto desta merda de vida de subúrbio"

"ouve lá, se pensas que me atinges com..."

"fui"

Mala feita em três ou mesmo mais tempos, que os maricas gostam de se arranjar antes de uma viagem mesmo que de médio curso; o que eles se pelam pelo conjugar dos modelitos, mais o acamar de blusas com blusas, cuecas com cuecas, tudo muito metódico, não esquecer a *pochette* almofadada prenha de produtos de higiene e beleza (perdoe-se-me a francesice, mas já cheira a linhas aéreas, comissários de bordo e croissants), que aquela gente tem fama de badalhoquice empedernida, diz-se até que inventaram os perfumes para disfarçar os maus-cheiros, sovacos que fazem lembrar estrugidos apuradinhos, entrefolhos que parecem eflúvios de Estarreja, não há mal nenhum em aportuguesar as referências para que se perceba o drama que é assistir a um povo que se relaciona mal com a água e sabão, até hoje ninguém conseguiu provar o contrário, *hélas*.

Antes de embarcar João deslocar-se-á a uma das inúmeras livrarias da Cidade, daquelas enfiadas em centros comerciais que garantem serviço personalizado durante 363 dias do ano, só se pára no Natal e no Ano Novo, há que respeitar a vontade dos balconistas em estar com a família e engordar à boleia das rabanadas, e logo depois a comemorar

o primeiro de Janeiro com uma bezana das antigas como está previsto no código dos comportamentos obrigatórios, enfim,

João gosta de viajar acompanhado de literatura, nunca se sabe quanto tempo haverá até ao próximo engate, melhor será ter à mão de semear duas ou três tiradas bem alinhavadas, bem paginadas e melhor traduzidas que entretenham a cabeça e impeçam a ansiedade, em caso de absoluta necessidade sempre conseguiu compensar a solidão com a grandiloquência dos clássicos, ele próprio se sente a espaços uma Madame Bovary da Amadora, o centro Babilônia que é toda uma Paris, João passando de mão em mão, de colo em colo, o que só lhe pode facilitar a vida agora que se dirige à terra de Flaubert para trabalhar como angariador de publicidade de um periódico chamado o LusoJornal, situação de que só se aperceberá à chegada.

Na livraria tratará de comprar um Julian Barnes, um Balzac prefaciado por um médico e uma reedição de um clássico alemão até há pouco oficialmente esgotado, se bem que vendido à sorrelfa durante anos a fio pelo editor cessante, à laia de paródia à censura dos tempos da outra (esta?) Senhora. De passagem e a caminho da caixa há de ouvir um outro cliente perguntar
"Tem as *Viagens na Minha Terra*?"
Ao que o empregado responde
"Desculpe, mas eu não sei qual é a sua terra"

João já nem consegue rir do absurdo, está na hora de pagar e de zarpar desta terra de analfabetos funcionais, entre outros, e para evitar evoluções na continuidade, como se diz por esses relvados fora, João está consciente da necessidade de evitar os seus compatriotas a todo o custo, em Roma sê romano, ou seja, em França sê francês, mas o tiro há de sair-lhe pela culatra (culasse), mal ele sabe que o jornal que o convidou não é um *semanário de referência na imprensa gaulesa*, como referia o anúncio de recrutamento, o Luso-Jornal apadrinha isso sim a Academia do Bacalhau de Lyon, e faz a cobertura das digressões do Rancho Folclórico do Lindoso, e tece rasgadas loas às habilidades técnicas de um madeirense que faz as delícias do planeta futebol, que diabo, a nossa pátria é o que se faz com a língua portuguesa, e o LusoJornal fá-lo, sem pudores.

A estupefacção e o desapontamento levá-lo-ão a ocultar a situação à família que ficou na Amadora a rezar-lhe pelas sortes, no caso a mãe, que o pai tratou de pôr-se ao fresco quando soube que tinha engravidado a Sãozinha, mas essas são talhadas de outro melão, que horror, alguém ponha freio a este narrador de classe económica, assemelhar assim a história de vida de um homem ao desbastar de uma fruta, mas João até haveria de gostar da analogia, ele gosta de metáforas entre o *camp* eo *kitsch* mesmo que digam respeito ao seu lar desfeito, João é aliás um homem que não se atrapalha, tal como quase todos os seus compatriotas foi bafejado com

o dom do desenrascanço, rapidamente estabelecerá contacto com Bertrand depois de um par de giros pela zona do Quais de Saône, uma nova hipótese de carreira estará à distância de um fecho *éclair* escancarado e de par de lambidelas à luz do luar, com o Rhône em fundo, França é aliás uma terra que está cheia de recantos românticos e de oportunidades de vida, se o portador da boa nova até for atraente não se poderá dizer que o preço a pagar é demasiado alto, João receberá de Bertrand não só uma golfada quente de sémen como também os contactos de Gibert, estabelecido na Provença e à frente de um negócio de distribuição de medicamentos naturais, é preciso aproveitar a desconfiança crescente em relação aos químicos, aos testes feitos em animais, em suma, tirar benefício da consciência pesada dos europeus desenvolvidos oferecendo-lhes alternativas.

Durante umas semanas viverá sereno, nas sete quintas, na companhia dos novos livros que lhe irão chegando via postal, não se pense que os três exemplares comprados à saída de Portugal lograram satisfazer-lhe as necessidades; aprenderá até os rudimentos da profissão, fingirá um interesse exacerbado nas magníficas propriedades do sumo de toranja, da valeriana quando bem preparada, mas uma coisa tão prosaica como a inexistência de uma noite *gay*, de um botequim que seja, de um conforto carnal como aquele a que estava habituado acabarão por fazer mossa, não se pode abdicar das exaltações do corpo quando se acabou de dobrar os trinta, e paulatinamente a ansiedade vai instalar-se, aquela pressa de chegar, para não chegar tarde, como cantava o barbeiro que se quis global, do Minho a

Nova Iorque, passando pelos quartos escuros mais inconfessáveis da Cidade.

Depois do regresso nunca explicado cabalmente João acalmará os ânimos da carreira em benefício de um consolo que conhece bem, que aprofundará melhor. O novo emprego de bancário plantado ao balcão permitir-lhe-á travar conhecimento com Lucas, que está a meia dúzia de parágrafos de perceber o significado do brilho nos olhos do ex-emigrante. Toda a gente sabe, vale mais um mês aqui do que um ano inteiro lá. Eu hoje acordei assim, virado para as canções.

Grande parte da longevidade do Império ficou a dever-se à natureza comerciante dos romanos, negociadores exímios, amantes das transacções, toma lá uma ânfora, dá para cá um sestércio, estes homens eram useiros e vezeiros na circulação de capital e na utilização e expansão do latim, dando origem ao conceito de língua franca, a falar é que a gente se entende, quem tem boca vai a Roma, quem tem conta vai ao banco. Para não guardar os tesouros debaixo do colchão. E passar a guardá-los em cima, repetidamente.

LUCAS SEMPRE SE HABITUOU A POUPAR, a ter o bodo dos pobres a salvo das garras dos ricos, da família ficou-lhe o gene do amealhar à falta de melhor. Na casa de infância havia (algum) pão, muitos ralhavam com e sem razão e o dinheiro sempre foi assunto sagrado, tratado com pinças e salamaleques, proibido à mesa das refeições, não têm conta as vezes em que a mãe de Lucas lhe deu um safanão nas orelhas – um peteleco, nas doutas palavras da tia Lucinda, ás, ou melhor, maradona da bisca lambida – por ver espalhadas na tábua dos almoços e jantares um punhado de moedas,

"dinheiro na mesa dá azar"

sem nunca explicar o porquê de tanta consumição, Lucas teve de crescer em anos e centímetros para entender a alusão velada aos 30 dinheiros, à última ceia, à sacola de Judas em cima da dita mesa, maldita traição, pior superstição, já não bastava ter condenado à indignidade as refeições tomadas por 13 pessoas (que não se pode, há quem diga que num estalar de dedos há de morrer o mais velho, outros que não escapa o mais novo, outros ainda que patina o do meio), ainda vem meter o bedelho nos costumes mais corriqueiros, e os talheres cruzados que dão zaragata, e o sal entornado que é um abrenúncio, o tio Zé que tinha andado emigrado mesmo, mesmo ao pé de Newark até fazia o sinal da cruz enquanto arrebanhava à pressa o tempero desembestado na toalha para imediatamente o lançar por cima do ombro esquerdo, a ver se cumpria a tradição de acertar em cheio no olho do belzebu, um desassossego,

"tu não sabes o que é passar necessidades"
"sabes lá o que é querer dois tostões para uma carcaça e não haver"

é o que se chama empolar sem sentido nem proveito, afinal de contas o miúdo só achava graça ao rodar das moedas e à chinfrineira do metal contra a madeira que mais tarde repetiria sempre que lhe apareciam uns cêntimos à mão de semear, em repartições, restaurantes, mesas de café de bairro, rulotes da bifana porca, daquelas que servem madrugada fora sem fazer muitas perguntas além do clássico *não tem mais pequeno*, mesmo quem o tem nunca o admite, parece mal, mas adiante, Lucas rodopiava moedas até no topo do frigorífico caseiro enquanto observava Vanessa na luta contra os tachos e pratos salpicados de gordura e restos do rancho a dois, em casa era Lucas que cozinhava de forma a não sobrecarregar a rapariga com mais receitas do que as absolutamente necessárias, afinal de contas ela andava a formar--se no ramo e já deitava alhos e cheiros, azeite e pimenta pelos olhos, ninguém se fica a rir dos ardores oculares do belzebu que gosta de partilhar estas e outras incomodidades.

Além dos cozinhados Lucas garantia a gestão do orçamento caseiro, os deves e os haveres, o que é muito natural num contexto em que foi ele a tirar Vanessa das trevas, foi ele que a ajudou a endireitar-se à força de estima, confiança e uns trocados, não é feio admiti-lo, a vida também se ampara graças ao dinheiro, não se trata de grosseria mas sim de pragmatismo, a mão para as contas equilibradas que Lucas cultivava foi fundamental, este é um homem que nunca se deslumbrou com créditos pessoais, endividamentos desnecessários, manteve sempre à ilharga as vozes mais avisadas do seu agregado agora longínquo

"quem não tem dinheiro não tem vícios"
"quem tem cinco não pode gastar dez"

o horror a cartões levava-o inclusive a manter um carinho muito especial por aquelas cadernetas que os velhos trazem nas malas e *mariconeras*, era por elas que se guiava, que controlava a féria e as entradas e saídas do graveto, como lhe chamava Vanessa (tesuda, quando insistia em passear-se em cuecas com aquele avental ao xadrez verde e branco mais as luvas de borracha, até já se tinham comido mais do que uma vez apoiados no lava-louça sem sequer fechar a torneira da água quente, Lucas gostava de vir-se às sacudidelas com a espuma à volta), adorava o ritual das actualizações na caixa automática do banco correspondente, acabou por ganhar até alguma afeição pelo som roufenho das impressoras mais do que datadas, eram atualizações que denotavam algum empenho, algum esforço, agora que tudo é digital não se nota o suor das maquinetas utilitárias, as folhas deslizam, o *toner* recicla-se, os tinteiros idem, na internet e no telemóvel pagam-se contas e fazem-se transferências, mas não nos prendamos ao elencar de modernices e relativismos, as idas e vindas de Lucas ao balcão da sua agência bancária acabaram por desempenhar um papel de relevo, sobretudo desde a chegada de um caixeiro particularmente afável, trasladado de uma dependência da Amadora onde ninguém se aguentava muito tempo, demasiadas as solicitações, demasiados os problemas com os "azuis", como lhes chamava o gerente de ocasião.

João trabalhava há dois meses na agência paredes-meias com o Centro de Emprego quando teve o primeiro ensejo de fazer conversa de circunstância com Lucas

"hoje veio mais cedo"
"tenho a secretária cheia de papelada, não me posso atrasar"

"nem me fale, isto hoje também está intratável"

"é mal geral, está visto, mas um gajo sem trabalhar é que não se safa"

"claro, desde que haja tempo para outras coisas, quer dizer, para fugirmos um bocadinho ao *stress* diário"

"é isso, até logo"

tinha filado Lucas desde que tinha assentado arraiais naquele balcão, uma dúzia de anos mais velho, mais coisa menos coisa, boa pinta e uma certa reserva que caía no goto de alguém que andava a tentar ultrapassar os anos de engates sucessivos, destrutivos, de gajos em roda-viva para mastigar e deitar fora, João saturado da autêntica cascata de homens-chiclete em que se tinha transformado a sua vida, desde que tinha regressado de França ainda não tinha parado de rodopiar e agora apetecia-lhe ter alguém que valesse a pena o esforço, a conquista, gostava do embaraço daquele funcionário público da porta ao lado, é certo que pensar num qualquer tipo de envolvimento com um fulano com o perfil que adivinhava em Lucas soava a arranjinho um tudo-nada cafona, como se diz no Brasil ou na Costa da Caparica, venha o belzebu e escolha, mas quem sabe, podia ser desafiante tentar uma aproximação mais gulosa tendo como pano de fundo uma dificuldade evidente: já o tinha visto demasiadas vezes na companhia da mesma gaja que não desamparava a loja, uma gaja disposta a marcação cerrada,

"a tua miúda parece o Baresi"

como diziam os rapazes lá do bairro quando se referiam às namoradas uns dos outros, aquelas que queriam a atenção toda para si, aquelas que nunca interessaram a João, ainda assim teve de embarcar duas ou três para não dar aquela pala, para não passar por fraco, mesmo quando já tinha a certeza de só lhe interessarem os amigos dos amigos

Vanessa, então, que todos os dias saía da formação e ia esperar Lucas à saída do trabalho, Vanessa que gostava de pôr as pontas dos sapatos à beirinha da plataforma e de esperar o comboio de mão dada ao companheiro, Vanessa que estava disposta a suportar a quebra de contrato sentimental alimentada daí em diante por João se Lucas soubesse manter-se são. Vivo. Como um homem.

A proliferação do uso de venenos no Império nunca deixará de fazer-nos pasmar, das práticas médicas descritas por Celso às razias assassinas por despeito, ciúme, sede de poder ou tudo ao mesmo tempo, houve sempre lugar para as substâncias preparadas com intenção, substâncias que fazem o seu caminho sibilino, que se estranham e entranham como em tempos afirmou um publicista encarregue de promover um refrigerante, se Séneca dizia que a maldade bebe a maior parte do veneno que produz também é certo que sobrava sempre uma porção que servisse os intentos do promotor. Nervo a nervo, até à conversão final.

A NECESSIDADE DE PASSAR PELO BANCO foi ganhando força nos afazeres diários de Lucas, ele era a actualização da caderneta

"minha senhora, está a introduzi-la ao contrário"
"veja lá, não prenda a correntinha dos óculos"
"não, assim está de cabeça para baixo"

(a paciência daqueles funcionários) mais o pagamento das contas ao balcão, nada de transferências directas para saldar a água, luz e gás, se se apanham com esse poder normalmente abusam, os tiques dos monopólios estão há muito desmascarados, e ainda os pedidos de esclarecimento em relação a arredondamentos, uns cêntimos aqui, outros ali, já para não falar das comissões de cartões multibanco e das quase míticas despesas de manutenção das contas, como se as mesmas fossem entidades com tecido e músculo a precisar de ser trabalhado por um personal trainer pago à cabeça pelo cliente incauto, os bancos são outros que gostam de enfiar a unha, os jornais estão cheinhos desses relatos, o mal é a gente precisar deles, o bem é Lucas sentir-se confortável na presença daquele homem que é a cara da instituição, como dizem nas sessões de *empowerment* e recursos humanos. Lucas só lamenta mesmo a sério a circunstância de ter-se endividado para comprar a casa em Massamá, aquela para onde se mudou Vanessa quando *juntaram os trapinhos*, a expressão provoca-lhe náuseas mas a vizinhança não se cansa de martelá-lo com ela, como se recitassem um mantra,

"então, Lucas, é desta que encarreira a vida?"
"agora é caso sério?"
"se é boa moça não desperdice a oportunidade"

como se as pessoas certas fossem extraídas de cupões e tômbolas, e ainda há néscios que apregoam o anonimato da vida de subúrbio, estão enganados, pois claro, os abelhudos pululam, toda a gente quer botar sentença junto de toda a gente (alto, não chame já pelo polícia das redundâncias), toda a gente gosta de ser treinador-de--bancada-consultor-conselheiro-sentimental-encartado-pela-escola--da-vida e sobretudo de arreliar os solitários, os que aparentam ir ficar para tios, os que dão dó às mal-fodidas do quarteirão,

"não deve ter quem lhe faça nada em casa"

no fundo todos temem e portanto vigiam estes percursos que não encaixam lá muito bem nas vidas tiradas a molde de gesso (as mais banais) ou plástico sofisticado (as que vão além da semana em regime de pensão completa nos arredores de Punta Cana), assim como o bater de asas da borboleta provoca um sarrabulho danado não se sabe muito bem onde – todos esperam que longe de Massamá, pelo menos para lá de Montelavar, onde já não cheguem as camionetas – é certo e sabido que assim que Lucas sai do prédio gera-se uma necessidade súbita de estender roupa, de bater tapetes, de saber do estado do tempo,

"hoje vai muito mal arranjado"
"não deve ter quem lhe faça nada em casa"

e não se pode dizer que este homem seja muito dado a confianças, o que é diferente de ser generoso, afinal de contas Vanessa vai sarando (sanando) a vida à sombra da sua protecção, mas isso pouco importa, um par de semanas depois de se instalar no bairro já as atenções se concentravam sobre si, sobretudo as daquele casal com que ele embirra de forma especial, quer dizer, quem ele despreza mesmo é o marido, o autoproclamado chefe de família, que passa os dias da reforma a encerar o carro de forma meticulosa no meio da praceta, o estatuto social alicerçado num champô para automóveis, vejam só, se bem que o mais irritante é aquele São Cristóvão de prata folheada agarrado ao tabliê, como se um boneco mais enfeitado fosse fonte de poderes e protecções, Lucas tem até razões sólidas para escarnecer deste santinho em particular, já o saberemos daqui a algumas linhas, por enquanto fiquemo-nos pelo julgamento dos vizinhos, um quarentão que se move só, será normal, será perigoso, será paneleiro, será psicopata, será de fiar, será, será, será.

Diga-se que onde quer que se instalasse a ladainha não seria muito diferente desta, o povoléu conhece poucas pautas e sobretudo confia nas do costume. Por um punhado a menos de euros Lucas poderia ter-se mantido na Cidade recorrendo a um aluguer, mas entendeu que não tinha alternativa, o aluguer permanente nunca lhe passou verdadeiramente pela cabeça, no rol dos chupistas também cabem os senhorios, chusma de manhosos, sempre à espera que algum desconforto persistente leve o inquilino a intervir unilateralmente no lar sendo que em última análise vai tudo em benefício do dono, o desleixo compensa, quem está mal muda-se, e Lucas já teve a sua quota de recibos atrasados e manchas de umidade e sifões estrangulados, cresceu com esses parâmetros e com uma mãe chorosa à boleia de um filho criado a Nestum e Ventilan,

"isto é de estar a picar a cebola, não me aborreças"

a água entranhada nas paredes a incendiar a pieira nas entranhas de Lucas, um desgoverno e uma consumição e uma promessa de mudança que não chegou a dar-se, o miúdo haveria de envelhecer e de ter pernas para andar e de amealhar os primeiros cobres, logo após o que ficou só graças ao beijo mortal do utilitário dos pais com uma carrinha frigorífica, daquelas que mantêm os iogurtes no fresco, ou as carnes vivas. Saudades não têm conta, como garantia o livro escrito por um preso de Peniche preocupado em mimar o filho, mas Lucas chutou para a frente, já não tinha idade para ir viver com as tias nem com outros simulacros de família, ganhava o suficiente para alugar um quarto e manter-se à tona, e lá foi progredindo nos concursos internos e nos estudos, até chegar a um patamar em que o salário certo e actualizado todos os anos lhe permitiu comprar casa própria, sem necessidade de fiadores, um luxo.

Por estes dias Lucas não se lembrava dos pais, mortos do tempo em que ainda se chamava pelo 115, nem dos vizinhos intrometidos, tinha a cabeça limpa, o peito aberto, ainda não se tinha questionado acerca da necessidade permanente de ir ao banco

"senhor Lucas de tal, como vai?"
"trate-me só por Lucas, já vai sendo tempo"
"não me atreveria"
"deixe-se disso, falo mais consigo do que com muita gente com quem trabalho. Aliás, temos de combinar um café um dia destes"
"pois temos, pois temos"

e com dois pares de palavras Lucas dá o flanco a João, ainda que de soslaio, mesmo não tendo sentido o aguilhão do desejo a comandá-lo, por agora é só o subconsciente a mandar, ou somente o prazer antecipado de trocar dois dedos de conversa com alguém que não lhe pergunta por ofícios, que não se escuda em hierarquias nem em vícios de forma, alguém que pode ser um compincha, ou pelo menos essa noção vai-se instalando, sibilina, como se fora um veneno, que provoca um entorpecimento saboroso, consentido.

João, mais habituado a estas faenas, sabe quando será a altura certa de investir. Resfolega baixinho, baixinho e dá à pata. Espera.

À mesma hora em que se desenha a promessa de café cúmplice Vanessa sente marejarem-se-lhe os olhos, de chofre. E as colegas da formação reparam e fazem perguntas e metem os bedelhos, mas ela corta cerce

"isto é de estar a picar a cebola, não me aborreças"

enquanto limpa as mãos ao avental. Está quase na hora de ir para casa.

A plebe romana sempre aqueceu os seus corações na Subura, bairro de putas e aleijados, imigrantes e mercadores, artífices e brigões. Na Subura encontravam-se as melhores tascas para um ou outro copo de ocasião ou para boêmias mais alargadas no período noturno. À época ainda se desconhecia o poder socializante do café, ou sequer o seu sabor, e bica era local onde se arrebanhava água. Quem clamasse por uma "bica cheia" ganharia de imediato a atenção de quem estivesse à volta, sujeitando-se a julgamentos maldosos. "Hás de dizer-me de que ânfora tens bebido, ó coisinho". Corrijo. Em 9 d. C. ninguém se tratava por coisinho. Roma era uma cidade civilizada.

TANTAS VEZES A ÂNFORA VAI À FONTE que alguma asa lá há de ficar, faz parte do cânone e não é drama nenhum, muita cerâmica se tem quebrado para logo ser substituída por outra, na vida como nas argilas, é o lema de João, e não vale a pena tentar aplicar supercola nas asas tresmalhadas, dificilmente se mantêm sólidas, agarradas ao corpo original, durante muito tempo. À conta de tanta visita ao balcão, de tanta rectificação imprescindível, de inúmeras consultas ao NIB e IBAN e ao que mais houvesse, desde que se pudesse moldar em forma de pretexto, João arrancou a Lucas um compromisso de encontro, ou terá sido ao contrário, diz-se que um dia é da caça, outro é do caçador, mas isso é quando os papéis estão bem definidos e os personagens transpiram antagonismo, aqui estamos perante um caso de presa que se põe na mira, de forma hesitante, mas na mira, à espera de apanhar com chumbo grosso, seria a expressão a usar se a mesma não revelasse um certo despudor de costumes, uma ponta de brejeirice, o que até é de evitar, este é um relato (retrato) de e para a família.

Embora não estejamos na presença de dois amigos, digamos que é natural dois homens encontrarem-se para tomar café, ou um par de minis, ou mesmo para desbastar travessas de caracóis quando é época deles, para saborear um pica-pau, umas moelas, ou um whisky velho no caso dos mais bafejados pela abastança e pelas juventudes passadas em Oxford e similares, emulando Aron, desprezando Sartre, mais um golo de malte ali às Portas de Santo Antão, curiosa Cidade esta recheada de topónimos cristãos, até os destinos da nação são cozinhados sob a bênção de São Bento, filho de nobre romano e alvo de muitas invejas, homem a quem os seus pares sacerdotes tentaram envenenar, por alguma razão instalaram a Assembleia da República no Palácio que leva o seu nome, serve de aviso, bênção e exemplo, mas perco-me, dois conhecidos a poucos centímetros de se tornarem mais próximos

"então amanhã, sempre tomamos esse café?"
"pode ser, eu amanhã saio cedo, mas encontramonos ao final da tarde"
"tem algum sítio favorito?"
"nem por isso, não sou muito de fazer circuito de café, mas se calhar combinávamos a meio caminho. Disseme que morava na Amadora?"
"certo. O Lucas em Massamá, bem sei, bastava olhar-lhe para a conta... meu Deus, desculpe"

este é o momento a partir do qual contamos com um caixa de banco a corar, logo alguém que exsuda confiança, uma raposa velha e batida em relações pessoais a tomar-se de rubores pela impertinência e pela indiscrição, podia o caldo estar entornado se Lucas não relevasse, aliás, até apreciou o interesse demonstrado, já é sabido que esta gente controla os nossos haveres e seus movimentos, as despesas no supermercado, as refeições pagas em restaurantes, a frequência e os montantes despendidos em escapadelas de vários matizes, mas este caso é diferente, aquilo que poderia ser interpretado como devassa veste a máscara do conforto inconfessável

"tudo bem, eu já sei que vocês nos controlam a vida toda"
"Lucas, por amor de deus, foi sem intenção"

"pois é pena"

"como?"

"então combinamos a meio do caminho, para dar jeito aos dois. Algures em Queluz?"

"ótimo. Dava-me jeito na zona de Monte Abraão, que é a que conheço melhor"

"está feito. Seis horas em frente à estação?"

"negócio fechado, e mais uma vez peço-lhe que me perdoe a indiscrição"

"não tem importância. Se for caso disso peço-lhe mais tarde uma indemnização"

estranho é saber que Lucas tratará de encontrar uma história de fachada para encobrir este encontro descomprometido, racionalmente não tinha necessidade de fazê-lo, há umas linhas atrás já ficou dito que o encontro de dois tipos a pretexto de um café é coisa corriqueira, mas alguma coisa pesou na consciência deste homem que usará um expediente para justificar a Vanessa por telefone o desencontro previsto para o final do dia,

"vou ter de ir a Monte Abraão (verdade) ter com aquela miúda de Rio de Mouro (mentira), lembras-te?"

"aquela que se inscreveu no teu Centro de Emprego com a morada dos avós? (verdade)"

"sim, essa, a Patrícia, está desesperada, a miúda, agora pôs-se a estudar Gestão a ver se faz alguma coisa da vida dela, mas ao mesmo tempo anda à procura de trabalho para a irmã e pediu-me para lhe dar umas dicas (mentira). Parece que só ela é que pensa naquela casa (verdade)"

"então vai, vai, nunca te negas a dar uma ajuda"

"vou, mas não me apetecia nada (mentira). Enfim, chego por volta das oito"

clique

caminho livre para o *rendez-vous* ou gathering, na terminologia dos instruídos em Oxford, já aqui se falou deles e o que é demais cansa, dê-se umas voltas aos ponteiros do relógio e estamos na altura de ver Lucas e João à mesa do café plantado numa rua com nome de professor doutor, movimentada, com vida própria, a lutar contra o estigma do dormitório, com direito a serviços do Estado e a comércios diversos, de um lado da rua a frutaria *metade de um desejo*, sabendo-se que uma peça de fruta despoletou o pecado original este nome é todo um programa, do outro lado o café, quer dizer, a pastelaria com fabrico próprio onde Lucas e João se encontram, aconchegante e discreta, com aquele cheiro a massa lêveda acabada de cozer mesmo que em forno eléctrico, *queres ainda mais pitoresco faz-te à estrada, companheiro*, parecem gritar as broas castelar, os caracóis, as parras e os pães-de-deus encavalitados, é neste cenário que começam a solidificar-se as primeiras amarras entre dois homens, neste contexto de caixa registadora com touchscreen, plantada atrás de um balcão que é toda uma promessa de perdição açucarada, e que dizer daquela vitrina embutida onde cabem dezenas de bonecos de porcelana representando casais de noivos, de pombinhos enamorados (fazem-nos nestes materiais de forma a que se se fizerem em cacos alguém tentará consertá-los, o que é tarefa pífia, já o vimos no caso das ânforas), e os noivos há-os para todos os gostos, uns mais adultos mas com caras descaradamente naïves, outros são autênticas crianças em poses caricatas, de mãos dadas e sentados em penicos, de mãos dadas e empoleirados em nuvens balofas, já para não falar dos noivos antropomorfizados, um mickey de fraque, uma minnie de vestido Rosa Clará ou similar, decantado na versão louça a granel, e ainda se vislumbra um casal de africanos que está lá ao fundo da vitrina, os únicos que não são esculpidos numa peça só, aquilo é gente que não faz por merecer muita confiança, andam sempre a ver se catrapiscam outras bundas, mas lá estão eles, muito pretos com os olhos muito brancos, brilhantes, até, sorrindo para a clientela e dando alento à promessa de vida nova que há de singrar a partir daquela pastelaria.

Na prateleira do topo encontram-se ainda algumas cegonhas de louça com bebés pendentes do bico, Paris tem os pergaminhos

de fábrica dos rebentos de todo o mundo e Monte Abraão, não sendo uma cidade-luz, não fica atrás de Sarcelles ou Clichy-Sous-Bois.
A alegoria à natividade é então o corolário lógico de todo este cenário envidraçado, mesmo que a confusão aumente quando percebemos que a figura plantada imediatamente ao lado das simpáticas cegonhas é a daquele pássaro amarelo dos desenhos animados agarrado a um biberão, sorte madrasta vir a ter um filho pintainho, mas Lucas e João não correm esse risco, a reprodução está-lhes vedada, o resto não, ficarão carecas de demonstrá-lo, mas por agora, tomado o café e um par de bebidas de cálice, João há de lançar

"gostei muito de estar contigo"

servindo-se pela primeira vez da segunda pessoa do singular, mais uma barreira deitada abaixo, Lucas não dirá nada de semelhante, tem o bom senso inicial de não alimentar o seu fogo interior com gasolina, a confusão ainda é demasiada. Sairá deste encontro com *mixed feelings*, como dizem os apaniguados de Oxford. Mas chega de falar deles, aliás. Chega de falar.

A tolerância social perante o convívio sexual de homens feitos com rapazes sempre foi elevada em Roma. Desde que, chegada a idade certa, o homem desposasse uma mulher, as suas outras relações eram toleradas e encaradas com normalidade. Após a constituição do lar e alcançado o estatuto de pater familias *continuava a haver legitimidade para engatar, muitas vezes no espaço público. Não sabemos se era a este* koinos *que se referia Habermas.*

INDEPENDENTEMENTE DO EMPENHO DEMONSTRADO na aproximação a Lucas, na sedução de Lucas, João não é homem de deixar de olhar para o menu à sua volta mesmo quando está de dieta, o interesse numa relação construída não o levou a pôr umas palas, o optimismo leva-o até a querer extravasar emoções, a partilhar boas vibrações, o que na prática significa querer foder como um coelho com desconhecidos, em atitude celebratória, misto de descompressão e euforia, mesmo não sabendo ainda que Lucas mentiu a Vanessa a respeito de um simples café, foi lançada a semente do desconforto na vida do casal, mesmo que nenhum dos actores se tenha dado conta do sucedido.

Um par de horas depois de se despedir de Lucas à entrada da estação de comboios de Monte Abraão já João havia lançado mãos ao carro estacionado na Amadora, e agora palmilhava um dos circuitos comezinhos de engate, no caso o wc de uma bomba de gasolina junto a um viaduto que leva o nome de um pequeno grande ministro das obras públicas, aquele mesmo viaduto onde há uns anos se plantaram redes de dissuasão do suicídio, agora quem quiser despedir-se da vida tem de escolher outros modos e locais, no país dos burocratas até à morte por vontade própria se põem obstáculos; é certo que sortes aziagas poderiam fazer aterrar um corpo desamparado no tejadilho de alguém que passasse à hora errada no sítio errado sem ter feito nada para merecê-lo, vai-se a ver e a decisão de colocar a vedação até foi acertada, a não ser que se pensasse numa solução de morte por requerimento, fulano de tal, divorciado da felicidade, manifestamente inadaptado, deseja lançar-se do viaduto à hora tal do dia tantos, pede deferimento, desde que se pagasse o imposto de selo talvez não fosse má ideia, enfim, uma situação a abordar no futuro, por enquanto concentremo-nos em João, que não precisou de deslocar-se a um local com consumo mínimo para gozar do usufruto máximo, um par de sacudidelas em estabelecimento autorizado, sem sequer ser necessário dizer,

"olá, como te chamas, gostava de bater-te uma punheta e seguir caminho como se nada fosse"

optou então por um local legitimado pelo uso recorrente e pelo boca-a-boca, e eis que uma dezena de minutos depois já se sente melhor, mais relaxado, depois de comprar dois maços de tabaco e um isqueiro – um homem impossibilitado de dar lume a si mesmo e aos outros é um homem em desvantagem – voltará a sentar-se ao volante do automóvel que o trouxe até ali, e desta vez nem sequer ligará o rádio, na viagem para casa com o caminho já aliviado do tráfego mais intenso haverá de recordar o dia com um sorriso, tratou-se de uma boa faina, estás de parabéns miúdo, não perdeste o talento, um primeiro avanço significativo com Lucas, uma troca de números de telemóvel e uma promessa de novo encontro, é incrível como alguém tão familiarizado com relações roleta-russa pode manifestar tamanha satisfação com esta espécie de jogos florais entre adultos, aos olhos dos outros que o (des) conhecem João é definido como alguém arisco, com horror ao compromisso, obcecado com o prazer, com o hedonismo,

"ó João, promiscuidade deve ser o teu nome do meio"
"vê lá se assentas um dia destes"

"não tens medo de acabar sozinho?"

(não tinha)

por estes dias até se podia definir como um tipo mais sereno, sem a pulsão de procurar o gozo em qualquer parte, às vezes longe da Cidade, como daquela vez em que resolveu dar um saltinho a Leiria depois de jantar, sozinho, em busca de um pretenso garanhão que tinha conhecido num chat, quis ir ver se aquilo era só garganta (não era), tinha sido fodido sem piedade encostado ao capô do carro estacionado numa viela esconsa, costas dobradas e cara a lamber a poeira da viagem enquanto suportava o vai-e-vem brutamontes de um caralho natural de Marrazes, hoje já nem se recorda do nome do parceiro de cabriolas com castelo em fundo, mas soube-lhe bem ficar com umas luzes do sucedido à beira do Lis (João sempre gostou de rios, de geografia de escola), recorda-se melhor do nome do bar onde acabaram a beber uma cerveja gelada, o Blue Angel, repleto de rapaziada local que se conhecia literalmente de trás para a frente. A jornada terminaria uma hora mais tarde com a passagem pelo parque de estacionamento do estádio municipal, mas desta vez sem vontade de dar o corpo ao manifesto,

"mostra-me lá qual é o sítio de engate mais batido cá da terra"

e ei-los à mercê das bancadas daquele elefante branco plantado na penumbra da noite, uma loucura em despesas de manutenção, sempre disseram os mais avisados, em Leiria não há massa crítica de adeptos e modalidades que sustentem este projeto, disseram-no os mais lúcidos, mas ainda assim o estádio fez-se, não se pode dizer que totalmente em vão, de há uns tempos para cá há toda uma comunidade que noite sim, noite sim, estaciona e circula e gravita à sua volta, o método é simples, circula-se pelo parque de luzes acesas, muito devagarinho, procurando passar rente aos outros carros que circulam da mesma maneira, porta do condutor a roçar com porta do condutor, pode ser com os vidros abertos para tirar melhor a pinta ao alvo em movimento, e se houver um lampejo de interesse dá-se uma curva larga, como numa justa de cavaleiros, e volta-se a passar juntinho, juntinho. E então pode-se parar para meter conversa. Com os dados lançados e o acordo firmado segue-se ordeiramente em fila indiana com destino a um local mais reservado

"se por acaso os carros estiverem todos estacionados também não há espiga"
explicava com detalhe o rapaz de Marrazes
"vais direito a um que te agrade à distância, com os máximos ligados e como se fosses bater contra a porta do condutor; chegando lá perto logo vês se o tipo te agrada, e se te agradar estacionas e combinas a coisa"
"assim, como se estivessem num mostrador?"
"num mostrador quê"
"deixa, estava a pensar alto. Agora vou andando, tenho de voltar para casa. Queres que te deixe nalgum sítio?"
"não te preocupes, fico bem aqui, é fácil arranjar boleia"
"ok, então até"
"até"

e ala que se faz tarde, sem sequer um beijo de despedida, faz parte do código, lá porque nos comemos não quer dizer que gostemos de intimidades, João já o disse amiúde, também já o ouviu mais do que uma vez, mas tudo isso pode vir a passar à história, por agora, seguindo pelos Cabos d'Ávila acima João só pensa em ligar a Lucas, mas não quer dar parte de fraco nem de intruso, se ao menos se lembrasse de algum assunto pendente do banco, algum arredondamento por acertar, à passagem pelos Comandos lembrar-se-á daquela questão da revisão do *spread* e já à porta de casa, depois de estacionar, acabará por enviar-lhe um sms num assomo quase involuntário,
bip bip_bip bip

do lado do destinatário Vanessa ouvirá o alerta e dirá

"recebeste uma mensagem"

Lucas pegará no telefone, consultará as mensagens novas e após um pequeno compasso de espera sair-se-á com "é uma mensagem do Fontes, estamos a combinar arranjar um grupinho para jogar futebol de salão"

"ótimo, bem precisas de fazer um bocado de exercício"

é esse o nome que passará a estar guardado na memória do cartão, o Fontes, de forma a que não haja pontas soltas no que a João diz respeito. Duas rasteiras no mesmo dia e Vanessa que só se mantém de pé por ignorância. E Lucas, sem pensar muito no assunto, já entrou definitivamente no ringue. Agora é jogar, jogar.

À época do Império já existiam confrarias que se organizavam em redor dos seus feitos de caça, chegando mesmo a reproduzi-los em anfiteatro, para gáudio da populaça e azar das bestas trazidas do Norte de África. Às representações seguiam-se com frequência festins dionisíacos, recheados de carne lançada às brasas e vinho cortado com água, que isso de beber vinho puro era coisa de bárbaros ou sacerdotes, passe a redundância. Digamos que há alguns conceitos romanos que resistiram mal ao tempo.

SEMPRE QUE ENTRAVA NAQUELA CHURRASQUEIRA Vanessa suspirava de satisfação, quase um gemido, pela familiaridade, pela antecipação do sabor da comida, "do comer" tão ao seu gosto, como ela repetia, pelo conforto que sempre nos traz a repetição, sendo certo que línguas mais viperinas apelidariam o local de *farta-brutos* e certamente fariam notar com denodo o cheiro a acampamento cigano que se entranhava na roupa, tais eram as dificuldades de funcionamento do extractor de fumos, uma sorte já não se fumar lá dentro, já para não falar das gamelas de inox nas quais se servia a sopa, um ai jesus, um ai cerâmica, há quem defenda que só se alimenta com propriedade quem rapa o prato companhia das índias, ou no mínimo vista alegre, um nome que é toda uma promessa, mas ali a palavra sofisticação tem muito poucas hipóteses de brilhar, não vem no menu nem no léxico, havia de ser engraçado garimparmos por um cardápio enfeitado com as inevitáveis espumas de batata ou de castanha, que saudades de quando as embrulhavam em cartuchos feitos de páginas amarelas, vá pelos seus dedos, quentes e boas, como Lucas costuma ouvir dizer das brasileiras frequentadas pelos seus colegas de secção a partir do dia 25 de cada mês, "quando a guita cai na conta, não lhes perdoo", uma dúzia a cem (as castanhas), uma canzana a cento e cinquenta (as putas e agora em euros), que dizer ainda dos confitados de perdiz ou de outras peças de caça, se bem que por aquelas bandas a dita caça é outra, grossíssima e ainda mais perigosa, com direito a garrote ao pendurão entre outras minudências, vidas alicerçadas em caixas de cartão que fazem as vezes de casa e cama e até de roupa lavada no Regueirão ali tão perto, logo numa zona com um edifício que muita gente jura a pés juntos pertencer ao Banco de Portugal

"estou-te a dizer, está lá sempre um bófia debaixo das arcadas e quê"
"isso também naquela loja das canetas na Avenida, olha o caralho"
"lá estás tu a desconversar, não se pode falar contigo, ó Zé"
"deixa-te de cenas e pede mas é duas imperiais"

que é bebida de que Vanessa não gosta particularmente, naquela como noutras ocasiões irá pedir um jarrinho de tinto para partilhar com Lucas, vinho da casa, espesso, escuro, que não arranha demasiado na garganta

"até parece veludo, veludinho"

tinha verbalizado uma vez um cliente habitual, um daqueles das mesas do canto que parecem estar ocupadas desde sempre, um daqueles velhos que tenta desesperadamente fixar o olhar em alguém apanhado mais desprevenido, ou em alguém que se sente desconfortável quando apanhado nessas armadilhas da atenção involuntária, e como é complicado ignorar a súplica daqueles olhos que tentam à viva força cruzar-se com os de outros, olhos que dizem

"dá-me uns minutos do teu tempo, deixa-me inundar-te de banalidades que precisam de ser ditas só porque sim, já há muito tempo que ninguém me ouve e tu nem sequer precisas de dizer nada, és o meu vazadouro, o meu tesouro"

maldito país de poetas às três pancadas, capazes de matar por umas rimas mesmo que marteladas, aconteceu outra vez, piores só os seniores (grande, grande eufemismo) albardados com a necessidade de partilhar o que não nos interessa, azar é um gajo poisar as vistas neles, se bem que no que ao vinho diz respeito aquele tipo tinha toda a razão, quem dera até que hoje ali estivesse para dar o mote à conversa, Vanessa bem puxa pela tagarelice mas em vão, Lucas parece tão aéreo, tão ausente, os olhos meio vidrados como se fora velho, como se também quisesse chamar veludo ao vinho, se bem que os tecidos carecem de castas para serem nobres o suficiente

"já viste aqueles canecos pendurados em camarões?"
"…"
"e o teu dia de hoje, como foi?"
"normal"
"normal, como?"
"normal"
"já viste aquele gordo ali ao fundo?"
"deixa estar"

Lucas a arder de impaciência e a responder por automatismos, a verdade é que não vê João há quase uma semana e sente-lhe a falta. Pior, não pode admiti-lo nem sequer explicá-lo, é como se andasse mareado sem hipótese de alívio e com outro marujo a insistir

"e aquele puto, que nem sequer tira o boné para estar à mesa? Se fosse contigo, se fosses pai dele já estavas passado"
"pois, mas não sou, deixa estar"

e pensar que em situação normal já Lucas teria anuído em descascar de forma mordaz a identidade daquela família, a mulher pejada de anéis, de pulseiras, de penduricalhos em forma de cubo, de tartaruga, de chinela havaiana, de anjinho, de lacinho contra o cancro da mama, de olho turco (daqueles muito azuis que também se penduram atrás da porta de casa para afugentar o mau-olhado, o olho gordo), e para arrematar o capítulo "adereços" nada como o óculo italiano da contrafacção plantado no cocuruto, não é preciso sentir-se o cheiro envolvente da entremeada para se cantarem loas ao tal acampamento cigano, uma haste dourada e umas lentes semiopacas a preço de saldo também cumprem o papel com menos prejuízo para a máquina de lavar a roupa, e que dizer do badocha que faz as vezes de marido, "já ninguém tem um bigode desses, senhor", "já ninguém sai à rua em camisola de alças, senhor", virgem santíssima, e aquelas faces demasiado rosadas, já a resvalar para o carmim, cortesia dos vasos capilares a caminho do derrame, o mapa de consumos do indivíduo todo, mas todo desenhado à altura das maçãs do rosto, e o quadro que só fica completo com aquelas sobrancelhas pretas e muito arqueadas, único sinal visível de desaprovação para com a conduta do miúdo que insiste em almoçar com o boné na cabeça e o sentido na consola portátil, botões que não substituem garfo e faca e que condenam a costeleta e as batatas ao arrefecimento global,

"come ao menos a carne, Fábio"
"já vai, mãe"
"Augusto, tu não dizes nada?"
"hum"
"Augusto, diz-lhe ao menos que coma a costeleta"
"não ouves a tua mãe, puto?"
"é já, já. É só passar de nível"

o que é tarefa hercúlea num ambiente de azulejo que vai até 3/4 de altura da parede, e aquele padrão que mete medo ao susto, raios o partam, aqui é muito difícil subir de nível, se olhamos à volta e só vemos molduras espelhadas com os respectivos anúncios a bagaceiras, se nos fazem a conta no toalhete de papel, se a camisa do empregado é todo um catálogo de nódoas.

Diga-se que a Vanessa só interessa verdadeiramente o nível que permite saber se continuamos em equilíbrio, daqueles com uma bolha e tudo, que anda da esquerda para a direita até encontrar o ponto certo, na vida como nas paredes acabadas de levantar, mas por agora esta mulher já está com pouca paciência para bolhas de água, bem como para os monossílabos de Lucas, ja pediu "a dolorosa", como diz o velho lá do canto, quem dera que ele aqui estivesse hoje, sempre lhe daria um pouco de atenção, mesmo que por via das banalidades do costume.

"então Lucas, ficas aí? Ficas ou vens?"

Ele vai.

À época do massacre em Teutoburgo, Roma e arredores eram governados por Octaviano, "Augusto" para os amigos, e também para todos os outros, diga-se a verdade. Augusto, sinônimo de santo, de consagrado, mais um para o imenso panteão politeísta da época. Pode dizer-se que se as coisas não corriam bem a um patrício, a um cidadão, a um escravo, havia muito a quem pedir, rogar preces, oferecer sacrifícios. Então como hoje os resultados nunca foram garantidos.

AI DE LUCAS, QUE ANDA DE RODA DE UMA IGREJA, alguém de carne e osso acuda a este indivíduo que teima em procurar auxílio no imaterial, os dedos crispados à altura do abdómen, a cabeça virada para o chão, mas minto, Lucas não teima porque na verdade é a primeira vez em muitos anos que vai pôr os pés num templo, tem andado arisco em relação às coisas do espírito por oposição ao estremecer da carne, *Se isto é um homem*, perguntava o outro moço das grilhetas e das côdeas de pão mal divididas, a cada um a sua hóstia, mas podemos dizer que sim, isto é um homem que não sabe bem onde anda a pôr os pés, muito menos a cabeça, e é nos momentos de aflição que todos, sem excepção, nos tornamos mais crentes, mais fiéis, louvadas sejam as dependências e as dificuldades, cuidam sempre de engrossar o rebanho mesmo que por pouco tempo

"anda por aí muito cristão que é como os dirigentes do futebol, o cristão resultadista"

tinha uma vez afirmado o padre Peixoto, o único que Lucas viu de perto e mesmo assim só por alturas da infância, um prior a dar para o folgazão, bom garfo, melhor faca, sempre de gume afiado para o que desse e viesse, uma afilhada, uma sobrinha, uma coxinha de frango, uma governanta, a paleta sempre foi ampla, graças a Deus, um prior sempre muito bem escanhoado e com o *old spice* usado sem parcimônia a fazer as vezes de água benta, um homem, também ele, que gostava de assestar estas alfinetadas de mão-cheia, mais tarde o rapazola entenderia que aquela laracha tinha como destinatários todos aqueles que oravam em função do realismo e da ditadura táctica com vista ao amealhar de pontos e vitórias mesmo que em registo de pontapé para a frente, há muitas vidas guiadas assim, mas por hora este protagonista teria até mais vontade de chutar para canto os pensamentos que o consomem, era tudo tão mais fácil nos tempos do padre Peixoto, difícil, mesmo difícil era fugir à corrupção suave do tio-avô Armindo

"se vieres com o tio à missa o tio depois leva-te a ver o jogo de futebol"
"a sério?"
"claro, rapaz, anda daí, com sorte ainda apanhamos Nosso Senhor com as chuteiras calçadas"
"tio Armindo, por favor!"

gritava lá do fundo a mãe de Lucas, com as faces incandescentes de fúria e embaraço

"tio Armindo, graças a Deus muitas, graças com Deus nenhumas"
"está bem, está bem, estava só a meter-me com o rapaz"

Se isto é um tio-avô, pelo menos dos canônicos não será, deve ter sido fabricado a partir de algum evangelho deitado para o caixote do lixo de forma prematura, acontece a muitos e bons, antes de ultrapassar a soleira da porta da igreja Lucas lembrar-se-á do Armindo, sente-lhe a falta e a aproximação dos degraus de pedra seguidos da laje de mármore aumentam-lhe o crispar das mãos (as palmas brancas à custa de tanta pressão com as pontas dos dedos) e o caudal das recordações que é um misto de gozo e angústia, hoje já pode pensar nele como um nome, como um amigo agora distante, e não como uma categoria familiar, pensará também nos tais jogos de futebol bem rasgadinhos, disputados no dia do Senhor num campo pelado, rijo. Na verdade só tinham oportunidade de assistir ao sarrafo de quinta categoria de quinze em quinze dias, aqueles em que o clube da zona jogava em casa; cada ida à missa era então uma antecâmara para o prato cheio de emoções que deliciavam o miúdo, corridas, chutos, encontrões, chistes vindos da assistência, o *mister* que a partir do banco berrava o mantra sobe-sobe-sobe, os médios como que pregados ao relvado que não havia, já o tio-avô ligava menos à cor das camisolas do que ao pires transbordante de tremoços amparados por um par de minis geladas

"o tio viu aquele pontapé?"
"então não, filhote?" (mais um gole e ala para casa)

assim a fé levava-se a toque de caixa e com a maior das facilidades, em puro contraste com a relação de respeitinho e temor imposta pela mãe e sobretudo pela avó, senhora natural de uma vila acima do Mondego infestada de capelas, beatas e procissões, os homens que sempre foram mais folgazões com os assuntos da religião não resistiam à piada

"a gente às beatas esborracha-as com o pé"

numa alusão aos prazeres proibidos do tabaco, quem diria que hoje o *SG eo Kentucky* seriam sinônimos de mafarrico, barido por todo o lado pelos exorcistas do pulmão, pelos cruzados do viver saudável, é isso que Lucas procura quando se lança pelo adro da igreja adentro, uma mente sã em corpo são, sem querer pensar nos calafrios impostos pela tal avó ancorada a norte, pelo avô que lhe terá dirigido três palavras na vida

"não mexas nisso"
isto antes de virar presunto como dizem os nossos irmãos de
antes e depois do Acordo,
"não mexas nisso"

a primeiro adeus aos mortos vivido por Lucas foi o daquele
velho por quem nunca teve empatia, essa palavra nem sequer
existia há uns anos atrás, o velho que embirrava com
o miúdo por tudo e por nada, por achar graça aos canecos de
barro tosco, por querer fazer festas nas cristas das galinhas de pescoço careca, por achar fascinantes os banhos tomados num
alguidar onde invariavelmente ficava agarrado o sabão azul e
branco, o mesmo alguidar que se enchia de água a ferver para se
poder depenar convenientemente a criação, que se vazava para
acolher as tripas e a pele dos coelhos abatidos em casa, com uma
pancada seca no pescoço,

"não mexas nisso"

depois da estreia com o avô Lucas não mais se livrou dos ve-
lórios obrigatórios em tempo de férias, todos acompanhados de
uma canjinha, de coscuvilhice

"era tão bom que nem às putas ia" ou "coitadinha, já só dava
consumição às filhas"

e daquele cheiro a velas, a parafinas, que na verdade nunca
nos sai das narinas, este é um relato talhado com o machado das
rimas pobrezinhas, mal-amanhadas, agora já nem se usa disso,
os templos estão pejados de velas eléctricas para proteger o pa-
trimónio e aumentar a rendibilidade das alminhas e da caridade,
ao fim de uns minutos, puf, estão apagadas (desligadas) e vai
de meter moeda outra vez, o alumiar a adoptar a dinâmica dos
carrinhos de choque e dos salões de jogos, isto de fato só é possível no tempo de mefistofélicos tabacos, de fascismos em nome
da saúde, no tempo em que homens já vão andando às claras

de mãos dadas com outros homens, é uma imagem que passa recorrentemente pela cabeça de Lucas, as mãos ainda é o menos, pensa ele, pelos vistos foram poucas as persignações, as procissões assistidas com a avó à beira, uma delas inclusive numa praia de areia grossa como berlindes, os homens que carregavam os andores obrigados à farpela de cerimónia e ao esforço extra de caminhar com os pés a afundarem-se, passo após passo, glória, glória, paz na terra (na areia), mas afinal todos os cuidados foram poucos, chegando a adulto e com a rédea mais solta Lucas afastou-se dos preceitos, do sinal da cruz ao deitar, foi deitando alicerces à vida a partir do suor e do trabalho, mas eis que vacila,

"é o micróbio da superstição"

como tantas vezes ouviu dizer a um colega mais velho da repartição, um daqueles moralistas vermelhos (demônio), fumadores (belzebu), todo ufano do alto do seu casaco com cotoveleiras e do seu marxismo de pacote, basta juntar-lhe água para crescer desmesuradamente, dizem.

Por ora Lucas está pouco interessado na classificação do que vai sentindo, se é um ceder à superstição, se é uma busca coxa da fé, só sabe que procura um conforto que a pedra fria não lhe pode conceder, muito menos a talha dourada e as imagens dos santos com a tinta a descascar, num ápice vai aperceber-se então da inutilidade da visita e sairá desarvorado porta fora.

Neste momento João é a única imagem que o conforta. Não é uma questão de meter moeda.

O desporto à data do Império era entendido como um modo de fruição de um espectáculo, apenas uma minoria participava nas corridas de cavalos ou nas actividades circenses como por exemplo as lutas de gladiadores; os participantes nas primeiras faziam-no por vontade própria, por desejo de glória e romance, os restantes eram lançados à arena por via de condenação judicial ou simplesmente por terem a má-sorte de pertencerem a um espólio de guerra. Tanto num caso como noutro podia-se sair da liça directamente para o Hades (os acidentes mortais nas disputas de bigas e quadrigas também eram comuns), o que queria dizer que ninguém praticava desporto por desporto, passe o pleonasmo. Isso é coisa de homens mais ou menos modernos.

A CAVALO NO FONTES, é o que se pode concluir, é a cavalo num colega do Centro de Emprego que Lucas justificará a saída nocturna para ir ao encontro de João, tem graça, um funcionário público a fazer as vezes de cordeiro de Deus que tira o pecado do mundo, ou que pelo menos o alivia, ou que ajuda a ocultá-lo, isto porque a sombra do pecado nunca desaparecerá na totalidade, sendo que tudo isto tem uma lógica, Lucas está cansado de dizer que os funcionários do Estado servem muitas vezes como bodes expiatórios do que corre mal por esse país fora, como tal aqui faz-se apenas um ajuste sem sequer se abandonar a categoria dos mamíferos, bode por cordeiro, ambos quase indefesos e pouco donos do seu destino, um pouco à semelhança do protagonista deste relato, que vai caminhando sem saber muito bem em que direção, tem como dados adquiridos o emprego certo, a satisfação profissional, a casa própria, o amor e o carinho por Vanessa, um amor e um carinho incondicionais que lhe fazem sentir um amargo de boca quando diz

"vamos começar amanhã as jogatanas de futebol, combinei com o Fontes e com uma rapaziada"

"e já têm sítio onde jogar?"
"era para ser num pavilhão municipal, mas está fechado para obras. Parece que vamos jogar numa escola secundária em Odivelas, vê lá."
"bolas, não arranjavam nada mais perto?"
"eu acho que podia haver outro sítio, mas também não estive para me chatear, nem ando com cabeça para isso"

o que é verdade, este homem tem a cabeça repleta de imagens, sentimentos, pulsões, não está disponível para fazer uma análise custo/benefício aos ringues da área metropolitana ainda que essa necessidade fosse real, sabemos que não é, mas ainda assim tratará de preparar com esmero o saco desportivo que é toda uma máscara, uma dissimulação, um sinal de uma culpa que fica mais espessa com o passar dos dias sem que nada tenha ainda acontecido, tudo é interior

"mas onde é que eu ando com a cabeça?"

de maneira que o tal saco será provido de toalha de banho

"um desses turcos mais rafeiros, é mesmo para estragar"

de um par de cuecas lavadas, mais o par de meias, a camisola desbotada do Vasco da Gama, do Vasco, como lhe chama a torcida, cortesia de poliéster enviada por um primo emigrado no Rio há um ror de anos e guardada a salvo da traça,

"podias levar uma coisinha mais decente"
"pode ser esta, é mesmo para estragar"

e ainda a saboneteira com o tijolo de glicerina, que Lucas nunca foi gajo de gel de banho, fa fresh e badedas, tahiti duche e similares, sempre preferiu a rijeza sólida do esfregar, são manias que ainda vão a tempo de mudar, até há umas centenas de caracteres atrás também só havia olhos para Vanessa e agora João vai-se entranhando de forma gradual, a pouco e pouco mais uma fatia de território mental

"mas onde é que eu ando com a cabeça?"

como naquele jogo de antanho, o Risco, as fichas a espalharem-se pelo planisfério, *o Kamchatka ataca o Alaska*, a melhor defesa é o ataque, assim como assim a Ásia sempre foi difícil de defender, estoirava por todos os lados, mais vale tentar invadir e João é mestre nestas estratégias, por enquanto ainda só dispôs as cartas da infantaria e a muralha interior de Lucas vai-se esboroando,

"estou aqui a pensar num homem, meu Deus?"

para mais tarde estão guardadas cavalaria e artilharia, a ver vamos se as bestas e as armas pesadas serão necessárias para fazer estragos, porventura irreparáveis, por enquanto só falta pôr no saco o par de calções, as meias à futebolista compradas num saldo do calçado O Guimarães ali ao Bairro do Bosque, Amadora, a cidade de João, isto anda mesmo tudo ligado como sugere aquela cantiga do moço que foi filado pelos brasileiros por posse de droga, se levasse na bagagem uma camiseta do Vasco não era líquido que se safasse, o Mengão sempre foi maioritário, enfim, outras lições, continentes e disputas, em Massamá vão-se terminando os preparos para o jogo de futebol de salão, já está guardado o frasco de champô de marca própria, um casaco extra

"porque à noite pode arrefecer"
"não te preocupes, o Fontes dá-me boleia até ao comboio, nem tenho tempo para me constipar"

saco posto a tiracolo, o que é sintomático, há quem diga até que só os paneleiros é que usam malas atravessadas do ombro à anca, no departamento de Lucas há um desses teóricos da modernidade moldada pelos mitos urbanos, "a sério, se reparares na malta que anda ali pelo Chiado, é tudo bichas com sacos a tiracolo, até já vi um na agá éme de que gostava, mas, foda-se, não me confundam"

e Lucas sorria, afinal de contas sempre andou de mochila às costas e gajas à ilharga, aliás, uma mochila sempre dá mais jeito para levar o jornal amarfanhado, mais os papéis do IEFP e o farnel do almoço normalmente despachado à secretária

"por que é que nunca almoças com a gente? És mesmo agarrado ao dinheiro"

e lá iam os colegas bater-se de faca e garfo com um prato a nadar em gordura, eles arrancavam de carteira e telemóvel na mão, nenhum de mala a tiracolo, elas com as malas *sport billy*, prontas a sacar do que quer que fosse, um lenço de papel, uma aspirina ou uma bicicleta, lombinhos isto, bacalhau com natas aquilo e Lucas a almoçar com vista para a secção vazia, sem pachorra para o tagarelar de circunstância com as bocas semiabertas e plenas de comida de terceira, e também ciente da necessidade de poupança,

"quem não tem dinheiro não tem vícios"

tantos anos depois, mesmo com a mãe morta entre chaparia e enterrada entre pinho de refugo, ainda lhe assomam à mente as máximas marcadas no carácter a ferro em brasa, há dias em que teme que ela apareça no céu a puxar-lhe as orelhas pelas condutas desviantes em que ele possa derrapar, como naquele filme do intelectual judeu que saca as febras todas, de fato não nos lembramos de ver o Woody Allen com um saco a tiracolo, deitado num divã ainda é como o outro, todos temos a cabeça cheia de coisas que não dominamos, que não compreendemos,

"estou aqui a pensar num homem, meu Deus?"

pois claro, num homem, que aguarda por ti num café da cidade enquanto tu passas a perna na mulher da tua vida, não é uma cuestão de exagero, de hipérbole, cedo perceberás que não virás a ter intimidade com outras, com mais nenhuma, o tempo e a vontade não serão suficientes. E agora corre, que a bica de João não pode arrefecer.

Não se queira ver sofisticação onde ela ainda não poderia existir, à data do Império Roma não proporcionava à população aquilo que hoje se entende como transporte público, quer por desconhecimento do conceito quer por insuficiência tecnológica. Graças a Deus (Júpiter) nem tudo era chupismo por parte das autoridades, lá iam existindo os aquedutos, os banhos, os tribunais, bens de acesso mais ou menos generalizado, mas quem se quisesse deslocar no dia a dia fazia-o a pé, na maioria das vezes, ou a cavalo, tendo posses para tal. Com mais de um milhão de habitantes à época da desgraça de Teutoburgo, muita falta lhes fazia um comboio suburbano.

AQUELE ERA O DIA DE ESTREIA NO NOVO TRABALHO, muito tempo, demasiado tempo depois do último, mas desta vez com toda uma confiança que não tinha conhecido nas suas vidas anteriores, com a autoestima reforçada, com a fé nas suas capacidades aguçada pela formação profissional e pessoal,

"não são necessários certificados para atestar o teu bom carácter, e tu vais demonstrá-lo"

(louvada seja a dona Gabriela, capaz de ensinar cozeduras e amor-próprio sem sequer precisar de mudar de bico do fogão), com o desejo de agradecer ao Salvador pondo brio em tudo, se não fora o evangelho segundo Lucas, o de Massamá, não o de Antioquia porque a geografia de proximidade também conta, esta mulher continuaria a acumular recomeços frustrados, com os dentes no chão, como diz aquela cantiga obscura, do pai não esperava nada além de uma cirrose ou de uma traquitana que o levasse para junto da mãe, a paz esteja com ela, das companhias anteriores nem sequer queria ouvir falar, é por pensar nelas que evita zonas inteiras da Cidade, das traseiras do Alto de São João à Rua do Bem-Formoso, entre outras, marcadas a fundo na (pouca) memória que lhe resta, "estás um bocado queimada, ó Vanessa"

"tás toda fodida dessa cabeça"

"mete esta merda e esquece isso"

todos os dias a mesma bula de lugares-comuns, as mesmas prescrições infecciosas, é preferível passar ao largo da toponímia das agulhas entupidas, das bolhas de ar que podem mandar-nos desta para melhor num segundo, do cavalo cortado para render mais uns trocos, agora (então) é preciso olhar em frente para o trabalho à mão de semear e para a regeneração que Lucas lhe proporcionou, nunca lho agradecerá o suficiente, mesmo que por esses dias a patranha do saco desportivo seja difícil de engolir, que a história do amor súbito pelo desporto esteja mal contada, se não lhe soasse demasiado a novela em reposição Vanessa já lhe teria lançado um

"deves pensar que eu nasci ontem"

diga-se em abono da verdade que Lucas é um péssimo dissimulador, afinal de contas qual é o desportista que se preze que regressa a casa com a toalha enxuta e a roupa por enxovalhar? Nada disso lhe ocorreu naquele dia de estreia no que a futebóis dizia respeito, só o nervoso miudinho ao recordar a mão de João sobre a sua

"não paro de pensar em ti"

o olhar desconfiado do empregado do café, batido nestas evidências,

"mas eu não sou desses, João"

como quem queria dizer *eu não sou paneleiro, João*, alguém entregue um prémio a este homem, um prémio para a resposta mais desajeitada e mentirosa e mal-amanhada e mais merecedora de adjectivação até à náusea, coisa que pode sair cara à qualidade da narração, deve haver algo parecido no meio das dezenas de comendas e prebendas e brindes que se entregam todos os anos, e sem sequer precisar de ir a sorteio,

"então o que é que estás aqui a fazer? E que saco é esse?"

Lucas a engolir em seco e a admitir que as cartas já estavam postas na mesa, e o empregado de olho neles, à espera de um pretexto para pô-los na rua, que filhos da puta, virem gozar com a cara de um homem que está a trabalhar,

"então, senhor Antunes, a minha torrada?"
"já vai, dona Teresa, já vai"

cala-me essa boca, velha, não vês que sou o único a perceber o que é que se passa aqui, nas nossas barbas, estas duas amélias a cozinharem um arranjinho à vista de todos,

"o que é que trazes nesse saco?"
"nada, é um pretexto. Uma defesa, se quiseres. Eu tenho uma vida, João"
"todos temos. E todos podemos mudá-la"

daqui hão de sair sem mais delongas e sob o olhar enojado do empregado de mesa, agora sim pode dedicar-se a servir torradas e meias de leite e galões descafeinados "por causa da tensão" às velhas gaiteiras do costume, entretanto, já a caminho de casa, vemos Lucas, o pilar da vida de Vanessa, a estremecer entre o aguilhão da culpa e a incapacidade de racionalizar, logo ele, que sempre mediu prós e contras, uma vida a régua e esquadro e transferidor, todos os ângulos da questão medidos e analisados, reflexão é o seu nome do meio, ponderação é o seu orgulho, e ei-lo subitamente enredado numa situação que a mulher já cheira a quilômetros de distância, pelo menos desde Massamá, local onde se prepara para entrar no comboio a caminho do novo desafio, leva os dedos cruzados para dar sorte e algum credo na boca, é mais uma etapa no seu começar de novo, e enquanto as estações se sucedem, Monte Abraão, Queluz-Belas, o mesmo pensamento assalta-a

"andará a encontrar-se com alguma galdéria?"

Amadora, Reboleira, Damaia,

"andará a encontrar-se com alguma galdéria?"

quer que Lucas tenha orgulho em si, que um dia lhe vá experimentar os cozinhados e que os aprove com distinção paternal e sobretudo que não a troque por nenhuma galdéria, palavra que nem sequer deveria povoar a sua cabeça, não tem sequer idade para isso, mas cansou-se de ouvi-la dizer na voz da mãe à bulha com o pai, galanteador de pacotilha que insistia em transformar as madrugadas de fim de semana em alamedas de putedo e gozo em benefício próprio. Se bem que Vanessa não teme as aventuras, as croniquetas comezinhas do homem que dá umas dentadas fora da mesa conjugal, se não passar disso não tem mal, se não houver intenção de troca, se o lar se mantiver estável, tudo bem, toda a gente sabe que os homens nunca estão satisfeitos, que necessitam de bicar aqui e além, como as galinhas que sacrificamos todos os dias aos paladares da gentalha, aliás, raramente têm mais tento na cabeça do que estas, é ver como eles saltitam de alcova em alcova, onde houver milho bicam, mesmo com esterco à mistura, bicam, homem é bicho de fraco critério, mas a maior parte gosta de voltar ao capoeiro do costume para sentir algum conforto, se o Lucas assim o quiser para ela tudo ok, está conformada à teoria do mal menor, as experiências anteriores ditaram-no assim

"desde que não me abandones nem me dês má vida, faz o que quiseres" está decidida a encostá-lo à parede mas sem forçar a nota, não quer ser tomada por parva mas também teme a introdução de uma bolha de ar mortal na relação,

"tás toda fodida dessa cabeça"

e assim vai de viagem, absorta em pensamentos que não lhe permitem socializar com aquela moça que conhece de vista do comboio e de Massamá, Luana, também ela a caminho da Cidade da vida de todos os dias, acabam por trocar um arquear de sobrancelhas que significa um "tudo bem", um "como estás" e não se passa disso, nem sequer há assunto para falar com toda a gente que conhecemos de vista a não ser que todos transportássemos no sovaco um manual repleto de desbloqueadores de conversa, fiquemo-nos pelo "tudo bem", mesmo quando não está, pelo "como estás", uma merda, para dizer a verdade, como naqueles dias em que Luana deita pelos olhos o trabalho ao balcão na loja dos tecidos, fechos e botões, detesta aquele corrupio de estudantes semimascarados, ansiosos por comprar estampas que se cosem à capa preta, brasões de cidades distantes, nomes bordadinhos a fio de ouro, emblemas de clubes de futebol, viva o Porto, viva o Benfica, Lourosa, Lourosa, Marrazes, Marrazes, Luana sente um rancor surdo, um despeito que não confessa, também ela gostava de brindar à mulher gorda que não lhe convém, ao curso acabado, às fitas benzidas em louvor a São Super Bock, o único que realmente conta; ao invés disso faz movimentos pendulares de ida e volta para a Cidade, cumprimenta os quase desconhecidos, o tal arquear de sobrancelhas, enquanto outros transpiram dinheiro para estudar, na pública ou na privada, para estoirar em copos e má-vida e ela atrás de um balcão, "tudo bem", a mexer no dinheiro de uma registadora que não lhe pertence, "como estás", um dia a seguir ao outro, um dia a seguir ao outro.

O que para uns é rotina, enfado, para outros é consolo. Vanessa só quer trabalhar, fortalecer-se, manter-se à tona um dia a seguir ao outro, mais galdéria, menos galdéria. *Desde que não me troque, que não saia de casa*, só mais um dia a seguir ao outro.

"então, que tal o primeiro dia de trabalho?"

"bem, muito bem. E o teu jogo de anteontem? Nem sequer te perguntei".

*Diz-se que o Mercado de Trajano foi o primeiro centro comer-
cial da História. Inaugurado no dealbar do segundo século após
o nascimento do Messias, que só viria a ser importante muito
mais tarde, após a legitimação oferecida por Constantino, o dito
mercado seria um prenúncio do que estava para vir muitos séculos mais tarde. Poder-se-ia mesmo falar numa espécie de caixa
de Pandora, mas essa faz parte da galeria mitológica da Grécia
Clássica que, diga-se a verdade, antecipou em muitos aspectos a
modernidade romana.*

A FARSA DO SACO DESPORTIVO ganhou corpo e fortaleceu-se, com a anuência dos dois, Lucas e Vanessa, ele mais ciente da necessidade de melhorar o disfarce (a toalha que deve voltar molhada, a roupa enxovalhada), ela disposta a aguentar o cenário, a encenação, até os adereços

"comprei-te uma toalha nova para levares para os jogos, a outra estava uma vergonha"

e ei-lo a engolir em seco, à mínima alusão ao futebol de salão, às chamadas do Fontes, aos sms do Fontes, a garganta fecha-se, é um acto reflexo, denunciador,

"obrigado, estás sempre atenta a todos os pormenores"
"pois estou, nunca te esqueças disso"

mais um cerrar de garganta, *ela sabe*, se bem que no fundo nada aconteceu até ao momento, *ela sabe*, pelo menos até este dia, em que Lucas acedeu a encontrar-se com João na Amadora, assim como quem vai jogar fora, no fundo tudo aqui se resume à terminologia do pontapé na bola, um dia ainda se há de escrever alguma coisa digna de nota com base nos cabeçalhos dos desportivos, pérolas que nos atiram à cara todos os dias e nas quais fingimos não reparar, mas essa é toda uma dinâmica que mais vale deixar escorrer por entre os dedos, há futurologias mais interessantes a fazer, a saber: Lucas vai ceder aos intentos de João, vai deixar-se levar do café à beira da Rua Elias Garcia até ao T1+1 da sua perdição, Vanessa vai gastar os dentes de tanto rangê-los e vai mandar a paciência às malvas, mas só uns caracteres mais tarde, João vai sentir-se triunfante segundos depois do primeiro broche feito a Lucas, nem sempre ficar de joelhos é sinal de capitulação, *au contraire*, a verdade (o desconforto) há de vir à superfície. Tudo isto daqui a nada.

Por agora Lucas ainda só enfiou o saco a tiracolo, correu até à estação do comboio de Massamá-Barcarena e saiu do dito na Amadora, à hora prevista, num país de risos escarninhos e desconfianças mordazes este transporte suburbano vai sendo digno de confiança, não está tudo perdido, *atenção à distância entre a plataforma e a carruagem*, a ladainha do costume, e no cais João que já o abraça e que força um roçagar de lábios, perante a indiferença generalizada dos magotes de gente à volta, gente ansiosa por largar o transporte e rumar a casa, ao supermercado, aos afazeres que se sucedem ao longo do dia como aquelas barreiras das pistas de tartan que é necessário ultrapassar a galope, apanhar o puto na creche (hop) comprar os legumes para a sopa no sítio do costume (hop) pôr a máquina a lavar logo que o tambor esteja cheio, a ver se se poupa na luz e água (hop), não há muito tempo, sequer muita disponibilidade para reparar num quase-beijo dado por dois homens, um iniciar de quase-romance, excepção feita ao cacho de pretos que passa a tarde encostado aos apoios de acesso à passagem subterrânea, são miúdos, mandam bocas, tudo normal,

"larga o osso, paneleiro"

João finge não reparar, Lucas nem se apercebe, sente-se confuso, planta-se-lhe um zumbido no ouvido que não há de passar tão cedo, em meia dúzia de passos estão à porta do tal café, há-os às centenas por essa Cidade, por esses subúrbios fora, com toldos e esplanadas patrocinados por refrigerantes, copos de cerveja oferecidos por fornecedores, superfícies espelhadas e o constante martelar do manípulo a soltar as borras da água benta nacional, mais uma rodada,

"apetece-te um café, Lucas?"
"não sei, nem sei o que é que me apetece. Uma água, talvez"
"Sr. Manel, duas águas e uma bica cheia, se faz favor"
"frias ou naturais?"
"naturais, é melhor"
"Zé, dá uma cheia e duas águas naturais"

Lucas dispensa o café, já tem adrenalina de sobra e um estômago às voltas, quer e não quer estar ali, o saco desportivo a fazer as vezes de grilo falante, a servir-lhe o remorso às colheradas, os sacos a tiracolo são para os paneleiros, já o dissemos, e este vai enfiando a carapuça

"estás bem?"
"sinto-me um bocado azamboado"
"bebe a água, que já te vais sentir melhor. Estás com péssimo aspecto. Quer dizer, isso em ti não é possível"

mais uma estocada de pendor adolescente que resulta em pleno, Lucas sorri, relaxa um pouco e num instante estará pronto a visitar a casa de João, mesmo ali ao lado. À chegada sentirá vontade de pousar o maldito saco, de não resistir quando João encosta os lábios aos seus, de gostar da barba rala a roçar-lhe na cara, de gozar sem culpa a braguilha aberta pelo anfitrião, de vir-se pela primeira vez na boca de um homem. A seguir tratarão de despir-se e de aninhar-se na cama de João, no quarto que fica de frente para o Centro Comercial Babilônia, um emaranhado de edifícios encavalitados que se tem expandido para lá do razoável ao longo dos anos, os mais cínicos evitam-no e já o apelidaram de cancro urbanístico, os pragmáticos reconhecem-lhe o nome premonitório escolhido nos idos de 1980 que agora se confirma em pleno, cornucópias de pretos, de brasileiros, de brancos à cata de encontros, de convívio, de lazer, de tênis da moda na loja Bombastic, é ver as mulheres com roupas garridas a arranjarem o cabelo no Jessy, os casais de monhés, daqueles mesmo retintos, que lambem os dedos depois de debicarem o arroz do Al-Hal, felizes juntos, o Babilônia, lá dentro uma fartura de línguas, cá fora

"como é que te sentes?"

João a abraçar Lucas que se plantou à janela em tronco nu, os cotovelos apoiados na caixilharia da marquise, mas sem cigarro nos dedos, combater o cliché é preciso,

"nem sei que te diga"

a fórmula que sempre usou quando se sentiu encurralado em questões do sentimento,

"nem sei que te diga"

amorosas ou outras, este homem nunca teve muito talento para relações nem para diálogos nem para conversas francas sobre intimidades, prefere o mundo do trabalho, dos objetivos e dos gráficos ao universo dos carinhos, dos suspiros e espasmos que até hoje estiveram reservados apenas às mulheres, poucas, com quem se cruzou na vida adulta, falar sobre si expõe-no em demasia ao julgamento dos outros, baixa-lhe as defesas e a verdade é que neste momento não sabe mesmo o que dizer, como reagir

"queres ir comer qualquer coisa, um hambúrguer, uma fatia de piza?"
"não tenho fome. Posso antes tomar um banho?"
"claro, a casa é tua, tudo aqui é teu, está à vontade"

sim, um banho é preciso, lavar-se é preciso, por mais de uma razão, de repente sente-se sujo graças a uma consciência que não sossega, não está arrependido, note-se, mas precisa de esfregar a alma debaixo da água quente (já aqui alertámos para as metáforas que muitas vezes são do domínio do possível, não do desejável). Mais. Precisa de dar uso à toalha nova

"a outra estava uma vergonha"

e de vestir as cuecas lavadas, de calçar as meias lavadas e de sovar, enxovalhar a roupa do futebol, por enquanto a farsa tem de ser mantida de pé, pelo menos enquanto Vanessa não a desmanchar. Lucas não dirá nada, *ela sabe*, tem a certeza de que tal não será necessário, *ela sabe,* e Vanessa vai estando ocupada com outros demônios interiores, neste momento está a falar ao telefone com o pai, a culpá-lo de tudo e de nada, da morte da mãe, da vida sustentada a garrote e isqueiro, sem dar por isso descarrega nele o asco pelo saco desportivo, pelo jogo de enganos erigido a meias

"se te armas em cabra sempre que me telefonas, não me ligues mais"

há uma vida equilibrada, construída com labor que teme ver transformada em poeira, e isso aflige-a, torna-a belicosa. Vai ter de pôr tudo, ou o que for possível, em pratos limpos.

"Desde que ele não me deixe está tudo bem, está tudo bem"
"o que é que disseste, filha?"
"deixa, já nem sequer estava a falar contigo". Clique.

Em Roma a oratória era uma ferramenta fundamental para quem queria ser alguém na vida pública e um motivo de deleite nas relações pessoais. Cícero foi um dos expoentes máximos da arte de falar em público e os seus discursos são glosados até hoje. À época do desastre de Teutoburgo, Cícero já havia morrido há 52 anos. Outras vozes se encarregariam de relatar com acidez a catástrofe pessoal de Varo, que o conduziu ao suicídio, a catástrofe colectiva do Império, que a todos deixou em depressão.

"SE QUISERES EU POSSO CONTINUAR a fingir que sou tapada, que não percebo nada, se calhar até foi por isso que tu me escolheste logo ao princípio, porque eu nunca tive o discernimento, como tu gostas de dizer aos teus coleguinhas, mas o que é verdade é que eu já percebi o que é que se passa, vamos esquecer essas fitas do futebol, tu nem nunca gostaste de dar um chuto numa bola, Lucas, nem sequer vês isso na televisão, não vale a pena andares a enganar o menino para lhe comeres o pão (aprendi esta com a minha mãe, sabias?), já não sou uma miúda e sei que a ti o devo, não penses que não sei, admito que já escolhi mal, e muitas vezes, já fiz muita merda, nem sempre fiz as escolhas certas, olha para mim a falar como tu, nem sempre soube discernir, como tu dizes todo repenicado (não te rias), mas essa conversa do futebol de salão já mete nojo, não há jogo nenhum, não há Fontes nenhum, quer dizer, há mas nem me vou dar ao trabalho de perguntar-lhe se tem gostado dos jogos num destes dias em que for buscar-te, para não o pôr a ele com cara de parvo e a ti com cara de comprometido, não vou fazer-lhe nenhuma espera nas tuas costas, não vou andar a telefonar-lhe à má-fila para saber a verdade, não gosto cá de cenas

nem de cinismo (não me acreditas?), se calhar até tens a historieta combinada com ele, os gajos são camaradas uns com os outros, não são como nós, que somos umas cabras, sempre à espera
de enfiar a faca na parceira (ris-te de quê), se calhar o Fontes já
tem uma ladainha pronta para me despejar em cima, bem trico-
tadinha, com os pormenores todos, o pavilhão, quem é que vai, a
cor dos calções e cenas do gênero, já estou a vê-lo (ouvi-lo) *o Lucas
não tem jeitinho nenhum, hás de ir ver um jogo dos nossos, até
faz pena*, porque tem a certeza de que eu nunca lá poria os pés,
nunca teria paciência para isso a não ser que andasse mortinha
por filar-te a mentira, por desmascarar-te sem piedade (tu mere-
cias) mas não há necessidade de macacadas dessas, diz-me só o
que é que andas a fazer por fora, se vais continuar a encontrar-te
com ela, seja lá quem for, deve ser uma das tuas colegas pindé-
ricas, sei que elas têm melhor pinta do que eu mas aguente-se,
também não passaram pelo mesmo, tenho a certeza, queria vê-las
com uma família como a minha a ver se se aguentavam nas canetas, há aquela toda grossa, toda pimpilante, tu sabes que eu já
te apanhei a olhar para o rabo dela (isto é ridículo), que és todo
meloso com as miúdas e não me venhas com a treta de que nem
sequer almoças com o pessoal, nem penses em defender-te com
o farnel, ou com a comida manhosa lá da zona, não tens jeito
nenhum para isso, até te fica mal, percebes, até pode nem ser
nenhuma dessas mas tu, realmente, sais para dar umas corridas
e uns chutos e voltas com o saco na mesma, até pensei que estavas na reinação comigo, toalhinha seca, a roupa na mesma, deve
ter sido bom, o encontro, nem te lembraste desses pormenores,
deve ser uma fodilhona da velha guarda (já sei que sou mal-
-educada), ela faz-te alguma coisa que eu não faça, tem algum
truque maravilha, podes dizer-me o que é, eu faço um esforço,
faço o que me pedires, nunca me neguei a nada e não digo isto
por te dever tudo, por me teres dado a mão quando eu estava na
sarjeta, percebes, às vezes até achava que tu não me desejavas, ou
que eu não te satisfazia, depois passei a pensar que nem todos
os gajos querem montar-nos a toda a hora, pelos vistos há mais
mundo do que isso, eu dantes andava enganada, mas afinal parece

que andas a servir-te por fora, mas também te digo, se fores só
à procura do gozo, de alguma coisa que eu não te consiga dar
garanto-te já que por mim tudo bem (tudo bem, sim), que fazes
a tua vida como quiseres, não me deves satisfações, tens-me em
tua casa por favor (não negues), deste-me asilo e eu aceito que
as merdas se passem assim, só quero que me digas se eu me tornar
um fardo para ti, ou se pensas abandonar-me, isso é que me deixava desfeita, digo-to sem medo, não me faças isso, eu não me
aguentava, quanto ao resto faz as tuas coisas, eu vou estar sempre aqui à tua espera (não me deixes), continuo a cuidar da casa,
a fazer as compras, a estar disponível para ti na cama, ou onde
quiseres (não me deixes), e assim tu fazes como te der na bolha,
como mandar a tua consciência (aprendi esta contigo), eu nem
tenho autoridade para te levantar a garimpa, tu é que me deste
tudo mas eu só queria saber, só queria compreender, se a culpa
é minha, se estou a ser exagerada, e esquece essa coisa do saco à
tiracolo, escusas de andar para trás e para a frente com as roupas
e o sabonete e as meias, porra pá, agora já apareces com as coisas
usadas, pelos vistos tens onde tomar banho quando vais *jogar à
bola* ou lá o que é que é, espero que te tratem bem e que não andes
a rebolar em nenhum pardieiro, que ela seja asseada (não estou
a gozar), que te sintas bem e sobretudo que me digas o que é
que pretendes fazer daqui para a frente (poisa o caralho do saco,
pá), como é que eu me devo comportar, o que é que esperas que
eu seja, que seja fada-do-lar, ou algo mais, eu amo-te, eu quero ficar, e não penses que é por causa da casa, do teu dinheiro
(não penses), que é por estar encostada à tua vida folgada, eu
fico contigo, mesmo que tu tenhas assuntos para tratar, com ou
sem saco desportivo, mas eu já percebi, ela é mais bonita, é mais
carinhosa contigo, é de certeza mais instruída, eu sei que tenho
melhorado graças a ti mas tenho consciência de que não tenho
estaleca suficiente, que tu gostas de falar com quem está ao teu
nível, estás no teu direito, nunca to critiquei e também sei que
tu nunca me atiraste com isso à cara, és um gajo educado, ainda
por cima decidiste ser assim, reconheço que também não tives-
te uma vida fácil e que depois ainda vieste esbarrar de frente

com uma tipa como eu, não tenho o direito de estar a fazer-te uma cena, de estar a exigir isto e aquilo, mas a sinceridade, Lucas, pelo menos sê franco comigo, Lucas, sempre foste, e agora vejo-te nesse estado (os teus olhos não mentem, a tua boca não mente), conta-me, abre-te um nada que seja, também te digo que nunca soubeste o que isso é, aturaste-me a chorar baba e ranho, com uma paciência incrível e tu nunca desabafas nada, nunca sais desse casulo, mas agora há uma razão para dizeres qualquer coisa, vamos pôr tudo em pratos limpos, tu sempre me respeitaste, demais até, sempre aparaste os meus golpes, não percebo por que é que agora estás mais fechado em copas do que nunca, ainda por cima com uma mentira que não disfarças como deve ser, eu já tinha pressentido, Lucas, eu já tinha percebido que as coisas não estavam bem mas não posso ser sempre eu a dizer tudo, sou sempre eu a levantar a lebre, sou sempre eu a arranjar chatice, para ti está sempre tudo bem mas não está, tu sabes que não está, faz um esforço e diz-me a verdade, sabes bem que eu não te julgo mesmo que tenha confiado em ti desde o princípio, nunca me dei a ninguém como a ti, ajudaste-me porque quiseste, eu também vou estar contigo, por ti, até tu quereres. Tu queres, Lucas? E quem é ela, Lucas? Quem é, ao menos diz-me quem é, mesmo que não me digas o que é que vais fazer daqui para a frente, se calhar ainda nem sequer decidiste"

"não é uma ela, Vanessa"

"não é uma ela quê"

"não é uma mulher, Vanessa".

O casamento na Roma Antiga tinha como principal objetivo o gerar de filhos, dos legítimos, conceito que para muitos dura até aos dias de hoje, que o homem não separe o que Deus uniu, que Deus não abençoe o que o homem procriou por fora, que o homem case para reproduzir-se, o normal, os legítimos herdariam os bens do pater familias. Os outros, fabricados à margem do papel passado, nada. E que dizer daqueles que recusavam a reprodução, com as mulheres adúlteras e as prostitutas à cabeça, gente muito versada na arte de ingerir as ervas certas, gente interessada em mangar com a vontade dos deuses. Às vezes, por via desse pecado de soberba e por capricho dos ditos (deuses), viam as suas vidas cobertas de desgraças. Ontem como hoje, ontem como hoje.

DEPOIS DA TEMPESTADE A BONANÇA, quer dizer, depois do vendaval a bonança, para fazer uma tempestade é necessário juntar mais do que um elemento, chuva, vento, alguém que troveje, e por enquanto só vimos Vanessa nas artes do soprar, do bufar, a fazer de vento que puxa a chuva e Lucas moita, desinteressado em provocar uma catástrofe deu um pouco de si, deu-se um pouco de si, abriu um pouco do jogo e custou-lhe, mas valeu a pena, os ânimos serenaram, e pelo menos agora cada um sabe com o que pode contar,

"não penses que vou querer vingar-me, ou que vou ficar a remoer"

até se pode ensaiar alguma normalidade, sair para ir às compras e dar um giro no centro comercial, de nome oficial *shopping center*, herdado de uma época em que o inglês ainda não fazia parte da dieta habitual dos portugueses, ainda não havia *good mornings* na instrução primária, nem vestígios de internet, rede social era quando os pescadores saíam todos juntos para o mar,

"enquanto me quiseres contigo eu fico, e não precisas de fingir, e diz-me se eu estiver a mais, promete-mo"

nem sequer é necessário parquear o utilitário, gesto que fica reservado aos que moram fora do núcleo central de Massamá ou aos mais preguiçosos a quem *só falta levar o carro para a cama*, como diz aquele fulano da tabacaria, serpenteia-se então por entre as bandas de prédios que se encaracolam em pracetas e num instante está-se à beira-centro, à beira-shopping, para os mais ciosos do bom nome do estabelecimento.

Lucas e Vanessa vão com o objetivo de tomar o café já perto da hora de almoço, é fim de semana, bem entendido, não tratamos aqui de dois madraços, e de seguida darão o giro habitual pelo supermercado do costume, somente para repor os bens de alta rotação e voltar a sair, evitando ao máximo as famílias que deambulam pelo corredor dos frios, pelo dos detergentes e dos produtos *ménage*, fosse outra a ocasião e estes dois far-se-iam escarninhos em relação a terceiros, sempre gostaram de observar, de fazer pilhéria com aqueles que se deslocam como baratas tontas ao sabor das promoções e das banquinhas de prova, com um olhar baço à vista de todos (um *guilty pleasure*, em bom inglês), com os meninos pendurados nos carrinhos, aos uivos (*howling*), olha que eu choro se não levares aquelas bolachas, levas uma galheta se me chateias os cornos, raio da miúda, pai leva-me um chocolate, ó Rui, não sejas bruto com a menina, tu é que a habituaste mal, mas hoje não, o ambiente está mais distendido, mas há a percepção de se ter instalado uma situação pantanosa, o veneno da dúvida, da incerteza ainda não de dissipou na totalidade

"um homem, Lucas?"

sendo certo que Vanessa está mesmo decidida a dar o peito às balas e à infidelidade, já o disse, quer pelo menos preservar o essencial do que construíram juntos, é ridículo, foleiro, cafona, mas verdadeiro, admite ter sido apanhada de surpresa

"um homem, Lucas?"

mas encheu-se de brios, engoliu o pouco orgulho que reconstruiu ao longo dos últimos anos e manifestou disponibilidade para se adaptar a uma situação nova, não te vou pedir que acabes com isso, espanta-me mas alguma razão terás, eu vou estar sempre do lado das tuas decisões, se se pusesse a racionalizar esta atitude nem se reconheceria do alto de tanta fibra, aliás, nem vale a pena passar estas afirmações a discurso directo, não vá dar-se o caso de Vanessa acabar por achá-las um corpo estranho,

"eu conheço-o?"

foi só o que quis perguntar para fechar por momentos este parênteses de incredulidade, não, não conheces, nem sei que te diga

"já sei o que é que me vais dizer: nem sei que te diga"
"sim"
"acredito que precises de um tempo para resolver isso na tua cabeça"
"sim"

o povo sabe que é preciso dar tempo ao tempo, o mesmo povo que guarda sempre uma moeda de 50 cêntimos para desenganchar o carrinho de compras que há de infestar-se de bolachas, gomas e outras inutilidades, packs (*packs*?) de minis, os menos sofisticados, de cervejas ruivas, os mais amigos da contemporaneidade, é portanto tempo de sair de fininho a partir da linha de caixas e de ir tomar a bica ao centro (*shopping*), se possível a um daqueles quiosques que teimam em arruinar-nos o palato mas contra os quais nada podemos, estão investidos de uma autoridade que também é garantida pelo contrato de franquia (*franchising*) de ressonância italianizada.

Lucas e Vanessa estão encostados ao balcão a tentar distinguir o café dos vestígios da queimadura quando veem surgir ao fundo do corredor Nuno e Maria João, um casal de vizinhos de praceta que tem andado ufano desde que a gravidez da fêmea, perdoe-se o termo, foi confirmada sem margem para erros, desde então passaram a falar no bebé insistentemente e com muito poucos intervalos, o dia hoje está bonito, o bebé, estava à espera que me chegasse uma encomenda mas o carteiro ontem não apareceu, o bebé, o meu clube só me dá tristezas mas o bebé, estava a pensar trocar de carro até por causa do bebé, tenho andado a pensar que devíamos mudar-nos para uma zona mais segura, agora que vem aí o bebé, e mais uma vez pressente-se que a ladainha já vem em formação desde lá do fundo, Nuno e Maria João e o bebé que ainda há de sê-lo já os toparam e já abriram a janela dos sorrisos enternecidos e ao mesmo tempo condescendentes, pois se Lucas e Vanessa ainda não demonstraram ter planos de alargamento da família, coitados

"a vizinha do rés-do-chão do prédio deles já me disse que a Vanessa deve ter a madre seca, nem percebi o que é que ela queria dizer com aquilo"
"João, não comeces (risos)"
"eles pelos vistos é que ainda não começaram a coiso, percebes (risos)"

entre outras graças de sintaxe muito poucochinha, olá, Lucas, então, Vanessa, parecem dizer já aqueles olhinhos coruscantes a quinze metros de distância, então e vocês não pensam em fabricar um pilas ou uma menina, nos braços de Nuno distingue-se já um par de sacos do Ninho dos Coxixos, especializado em decoração e em bebés, não necessariamente por esta ordem, quer dizer, não se lhes conhece intenção de decorar os petizes mas sim o espaço em que habitam os petizes, digamos que criam "ambientes", "atmosferas", e a dez metros dos cumprimentos da praxe Vanessa larga o sussurro do costume

"se me vêm com a puta da conversa dos putos nem sei"

razão suficiente para desafivelar o sorriso de Lucas, cúmplices na pilhéria (já o dissemos), sempre é melhor do que nada, é preciso capitalizar sinergias, como dizem os manuais de Gestão, e nunca é demais citá-los "então, estou a ver que já foram às compras, nós também só viemos matar o vício do café e ala, temos de ir deixar os sacos do supermercado a casa"

"olha, ainda há pouco estava a falar em vocês, fomos ali ao Ninho para comprar umas tralhas para o quarto do bebé (LINHA) e vimos lá uma coisa de que havias de gostar, Vanessa, um dia que estejas grávida (BINGO)…"

"nem me fales nisso, eu sei lá o que é que vou fazer amanhã, quanto mais pensar em filhos. Bom, até logo, ainda temos de passar ali no Don Peppone, deixámos lá uma piza encomendada. Olha, um dia que tenha um filho era capaz de chamar-lhe Peppone, Don Peppone, era garantido que tínhamos uns cozinhados de jeito"

sorrisos amarelos, *até logo, então*, Lucas perdido de riso, *a gente vê-se*, por momentos dispersou-se a nuvem que os assombra, o que não quer dizer que as águas, as mágoas, não voltem a encavalitar-se e a ameaçar chuva que encharca até aos ossos. E sem grandes hipóteses de sol na eira e chuva apenas no nabal, como diz o povo. Aquele, o das moedas de 50 cêntimos (*fifty cent*).

Poucos se opõem à noção de que a homossexualidade era coisa comezinha nas classes poderosas romanas, faziam-no com rapazes porque queriam e porque podiam e porque dominavam, Suetónio jura a pés juntos que Nero terá casado com um menino vestido de noiva, César terá sido alcunhado de "mulher de todos os homens", Adriano, enfim, poderia encabeçar nos dias de hoje a gay parade de Berlim, e a culpa não pode ser assacada à Marguerite Yourcenar. Se à época existissem taxistas seria comum ouvir-se isto é o lobby, está tudo minado. Mas sucede que não existiam uns nem outros (taxistas e lobbies), a não ser que alguma escavação ainda venha a surpreender tudo e todos.

DEIXEMO-NOS DE SALAMALEQUES EM TORNO DE CRIANÇAS, bebés, decorações, berços e *frou-frous*, a aversão aos ditos é partilhada por Vanessa e Lucas e ainda bem, há muito que ela decidiu não conceber, digamos assim. Não é procedimento que lhe traga gratas memórias, antes pelo contrário, vai não vai regressam-lhe os sonhos em torno do que (des)fez há uma dúzia de anos, sendo certo que os sonhos fazem paródias com as nossas narrativas a seu bel-prazer, trocam a ordem dos acontecimentos e dos fatores, a agulha de tricô costuma aparecer-lhe antes do percurso da viagem na companhia do ex-namorado, um cobardolas, na verdade, permanentemente a dois centímetros de um ataque de pânico ou pior, a agulha, então, e só depois o parquear do carro nas imediações de uma floresta de torres avermelhadas, alguidares, sangue, e de seguida o telefonema que despoletou tudo, o mundo ao contrário

"sempre me arranjas o tal contacto?" "ela vive em Santo António dos Cavaleiros e só faz os desmanchos em casa, vais ter de ir até lá" a viagem de carro por imediações desconhecidas, parar para perguntar com medo de transparecer a culpa nos olhos, na atitude, na pinga de transpiração a escorrer por detrás da orelha

"deve ser ali ao fundo"

a culpa misturada com o medo físico, um medo espesso, de fim do túnel, de fim de percurso

"ali, está ali o ringue de que ela falou"

há sempre campos da bola que se atravessam na vida desta mulher, reais ou efabulados, este serviu de meta, de farol, era de fato *ali ao fundo*, o desenlace de uma viagem de quilômetros alimentada a suores frios, e só depois o alívio misturado com o enxovalho,

"levas estes comprimidos e toma-os durante três dias. E se houver alguma coisa, não me telefones, não te conheço, nunca te vi cá, fala com o teu médico ou com quem tu quiseres, eu não sirvo para falar. Percebeste?"

percebi, percebeu, já nem voltou a matraquear no assunto, os sonhos é que são fodidos, gostam de nos pregar rasteiras, de fazerem entradas a pés juntos, e não há árbitro da consciência que os expulse, voltam quando querem, nem sempre pela ordem certa, já o dissemos ali atrás, à sombra das torres vermelhas, infestadas de vidas canalhas e não só, gente de trabalho, gente que veio com os tarecos que pôde desde as áfricas que eram nossas, do Minho a Cassange, gente com ressentimentos e gente que refez tudo, desde o princípio, alguns biscateiros e passadores, outros de vida certa entre as nove e as cinco, gente que vinha habituada a minissaias e que veio chocar os parolos da metrópole com os seus conhecimentos sobre ervas que não as de cheiro, gente que Vanessa deixou para trás naquele dia, para não mais voltar, trataria de encontrar outras formas de deixar-se sovar pela vida e de criar couraça, bem vistas as coisas João nem sequer tem arcaboiço para lhe fazer mossa.

João que vai mantendo a sua rotina de ver o final dos dias pelo fundo de um copo de imperial, pelo menos nas ocasiões em que Lucas não está disponível para mimos e dentadas, e ei-lo à mesa da esplanada do costume na companhia de Paulo, parceiro de brindes e de cama, agora só muito de vez quando, diga-se a verdade,

"não imaginas a tesão que me dá, o gajo vive com a mulher e está constantemente a vir ter comigo, não me resiste"

"e alguém te resiste, por acaso?"

"deve ser por acharem que eu faço parte do lobby, toda a gente sabe que os paneleiros são todos bem-posicionados, que têm influên-cia e tal. Achas que é por isso que este gajo anda metido comigo?"

"não digas disparates, o gajo parece saber bem quem tu és"

"achas que sim? Não sabe da missa a metade, só conhece a minha fachada de vida de bancário, já lá esteve em casa uma série de vezes mas eu não sou muito de dar explicações, é mais despir e está a andar"

(risos)

"pois eu cá tenho pena que tu não faças parte do lobby, arranjavas-me qualquer coisinha, um cargo num ministério, um teatrinho para dirigir"

(risos)

"enfim, o que eu sei é que o gajo anda encantado comigo e que nunca tinha andado com um gajo. Não é nenhuma maluca promíscua, como o Zé estava a sugerir no outro dia, quando lhe falei dele"

"sabes como é que é o Zé… mas se não é promíscuo ainda pode vir a ser, é combinarmos umas saídas com as pessoas certas"

(risos)

"não penses que vais afiambrar-te, já tens muito com que te entreter"

"é por isso que venho para aqui, há sempre gado no mercado de transacções"

"és mesmo carroceiro"

"e tu gostas"

ali, naquele largo onde um grupo reduzido de carros de combate liderado por um homem a sério deu o último piparote num regime apodrecido, bafiento, ali onde hoje se pode catrapiscar o olho à rapaziada que gradualmente transformou as imediações numa zona de comércio livre da carne, e não nos referimos ao protocolar *dá cá o dinheiro, toma lá um serviço*, não, digamos antes que a troca directa está mais liberalizada, ver e ser visto, mostrar argumentos e cravar uns olhares, depois há os mais histriónicos, sempre os houve,

"olha-me aquele, já bem sequer é bicha, já é tricha"
(risos)

e a luta pela necessidade de sobressair é feroz, ruas acima, ruas abaixo é difícil marcar território por entre os magotes de turistas, de tocadores de flauta empenhados na alimentação dos cães que trazem à ilharga, mais os anônimos indiferenciados que trabalham e almoçam na zona, os pedintes, os aleijados, os que vão de motorista à loja que não vende apenas máquinas de café, vende "experiências", ideias e manuais de instruções muito bem paginados, mais bem ilustrados, e também vemos passar os porta-estandartes do visual à "désáiner" e os trabalhadores dos armazéns que agora são um shopping, há-os mesmo por todo o lado, da Cidade ao subúrbio, do capítulo 7 ao 22, a mesma tropa fandanga de seguranças que falam em código, charlie e o diabo a sete mais o alfa (macho) e o águia 1, que gostam de molhar a sopa nos amigos do gadanho, de parecer relevantes do alto da farda estereotipada, um corrupio de gente acima e abaixo, e Paulo e também João, de uma forma mais matreira a tirarem a pinta às possibilidades, às vezes só pelo gozo de jogar uma espécie de totoloto fisionómico,

"aquele é, de certeza"
"estás doido, nem por sombras"
"eu é que sei, olha que eu sou paneleiro encartado"
"isso é que era doce, tens manchas no teu currículo, até já andaste com gajas"

"nunca ouviste aquela do dar novos mundos ao mundo? Os portugueses são naturalmente assim, aventureiros, generosos..."
"lambões, queres tu dizer"
"mano tu não compreendes a poesia, o hip-hop"
(risos)
"e aquele? Achas que engraçou comigo?"
"Paulo, pelo amor de Deus, gajo que se abana todo não há quem o dome, ouve o que te estou a dizer. E pior, que pancada é essa com gajos que usam blusões de ganga com pêlo de carneiro? Foda-se, há limites para o revivalismo"
(risos)

eles gostam destas cercanias, há de tudo um pouco como nas ementas de casamento mais caprichadas, engordadas a lombinhos *au champignon* e bacalhau com broa, o Carmo e a Trindade já não caem, mantêm-se de pé, confiantes em si próprios, nas liberdades e na sedução atrevida que estas permitem

"se eu te disser que um gajo lá do banco deixou a mulher e o filho de sete anos e foi viver com um gajo"
"estás a gozar, não me digas que fez 40 anos e abriu os olhos para o mundo?"
"a sério, foi uma coisa parecida, do emprego não abdicou porque ganha bem e sai cedo, mas deu um chuto na vida anterior e agora vive na outra banda com um "cara legáu"..."
"o quê, um brasileiro?"
"ah pois, e se visses as roupas que o gajo agora compra, parece uma versão marada de um catálogo da Dyrup, a chefe dele até se passa, mas ele está-se nas tintas. Literalmente"
(risos)
"bem, bebes outra? Aproveita que sou eu que ofereço"
"está bem, assim fazemos um brinde ao teu funcionário público, ao teu gostosíssimo evangelho segundo Lucas"
"não te armes em engraçadinho com a bíblia e pede mas é as imperiais"
"mas afinal quando é que o conheço?"
"gulosa".

Para relativizar agruras, celebrar conquistas, pôr o gládio aos saltos, os romanos davam preferência ao vinho, falerniano ou de Caecubum, misturado com água ou em bruto, conservado em resina, para durar, refrescado com neve para escorregar, um mundo. Também por ali se bebia uma espécie de cerveja, chamada zythum, fruto da melhor fermentação egípcia, desgraça de muitas civilizações. "Do alto destas pirâmides 40 séculos de imperiais nos contemplam", troçavam os mais espirituosos. E com razão.

E ASSIM CONTINUAMOS, cantando (pouco) e rindo (menos), sabendo de tudo como quem passa por nada, mecanismo de defesa ou indiferença de criar bicho, não se tem bem a certeza, já ninguém tem a certeza de nada, não se pode confiar, quer dizer, pode-se, desde que não haja surpresas na manga dos outros, Vanessa confia nesta premissa, acredita nela, confiar é verbo que se conjuga com mais dificuldade depois das espantosas revelações de Lucas, "as espantosas revelações de Lucas", atoarda algures entre a telenovela e o romance de aventuras, daqueles da época dos maravilhamentos, de quando o Umberto Eco era pequenino, por exemplo, um verdadeiro assombro, diriam os basbaques do bairro, de todos os bairros, se estivessem na posse (todos querem possuir toda a gente) da informação que queima a existência desta mulher, homem + homem, e então.

Após a sessão de esclarecimento em forma de monólogo mantida entre o casal já houve uma série de saídas de Lucas com destino a casa de João, agora com conhecimento e consentimento de causa, sem ultimatos nem chiliques, mas sempre com o maldito saco desportivo à ilharga, a marosca já está desfeita, desmascarada, e o maldito saco à ilharga, Vanessa já não se deixa amachucar pela situação, pela partilha forçada do seu homem, mas que diabo, ele que largue a porcaria do saco, que é lá isso, a querer forçar uma ficção onde já não há espaço para ela, a querer enfiá-la a martelo, como se agora nos puséssemos a falar na minha mulher deitada no sofá com o gato enroscado no sono dela à hora a que escrevo, não tem sentido, nem ficção, nem metaficção, vamos lá pôr os pés na terra e deixar-nos de efabulações, os homens sempre gostaram disso (tenho inveja do bichano ali deitado), mas aqui deixaram de ser necessárias

"porque é que estás a arranjar o saco do futebol? Estás na gozação? Dás mais tusa ao teu parceiro se ele acreditar que eu não sei de nada?"

"desculpa, é um reflexo, nem sequer devia pegar mais no saco, mas enfim"

ecce homo, eis o homem e logo a corar de vergonha, não é preciso recorrer à psicologia barata para entender que na cabeça dele ainda é necessário manter a fachada, negar as evidências, se mantiver a rotina anterior é como se nada se tivesse passado, é como se não tivesse sido confrontado, encostado à parede ainda que de forma muito confortável, atenta nesta mulher que abdica de uma fatia de ti, que abdica de um pedaço generoso do seu amor-próprio, e tudo em teu benefício, independentemente de se tratar de um acto reflexo (é-o) devias assumir-te com mais dignidade, foi o caminho que escolheste, ainda para mais com a bênção dela, não há razão para manter o remorso escondido atrás do calção de contrafacção, da bolsa do sabonete com a amostra de champô entregue à saída do metro

"olha, eu não venho tarde" "não te perguntei a que horas vinhas"

durante o percurso em direção à casa de João sentirá os olhos marejados mas acabará por não dar parte de fraco, não preferia ter ficado em casa, isso não, o empolgamento é demasiado forte, juvenil até, tocará à campainha do costume, abraçará o anfitrião e fará com que se dispam enquanto o subúrbio esfrega um olho. Uma vez possuído por João deixará correr umas lágrimas pela almofada sem que se dê por ela, vertidas por entre o arfar do amante que se satisfará sem grandes delongas e muito menos perguntas.

Apeado dos braços de João, não seguirá para casa como de costume, tomará antes a direção da Cidade com o propósito de beber uma cerveja sem ninguém mas com toda a gente à volta, gente que não o conheça não o interpele não o encoste à parede

"o que é que sentes por mim, Lucas?"
"a tua mulher desconfia de nós, Lucas?"
"não vais sair de casa, pois não, Lucas?"

gente interessada, sim, em desbastar copos de cerveja como se não houvesse amanhã, muito menos depois e depois, como se não houvesse preocupações no horizonte, causas prementes, perigos de ressaca, fome e desemprego e doenças para ludibriar, quando se sorve imperiais não se pensa em misérias, nos amputados de mão estendida, no PIB que não sobe, na recessão, nas crianças sem pais nem escola nem futuro, nos cancerosos, coitadinhos, na máfia de cegos metropolitanos que controla o vaivém das carruagens com a ladainha bem oleada, podem crer que eu continuo a agradecer a quem tiver a bondade ou a possibilidade de me auxiliar (plim), queira ajudar o ceguinho (plim), a mais pequena ajuda, a mais pequena moeda (plim), não se pensa em nada disso, reflete-se apenas e só no tempo que demora a vir o próximo pires de tremoços, carregados de sal para dar secura às gargantas e gás ao manípulo da loira, a espaços da preta, é conforme

"a cerveja é como as gajas, se gostas de preta é lá contigo"
(risos)

Lucas acaba de aterrar na cervejaria do costume, plantada entre uma rua com um jardim miserável (tenha a bondade de me auxiliar) e uma avenida fadada para o desastre (a mais pequena ajuda), melhor não se esperaria de um local baptizado com o nome de um almirante descrente que se suicida à beira do sucesso; lá dentro um furacão de copos, pregos, croquetes, bocas, 97% de homens, alguns brindes

"vá, Patrício, faz-me uma saúde, faz hoje 30 anos que a minha mulher fugiu com um preto"

há temas mais recorrentes do que outros, o futebol, as colónias, os senhorios do casario decrépito, os indígenas

"perdi os três numa palhota lá perto de onde eu vivia, em África. A gaja não foi de modas, virou-se para mim e disse "20 paus na mão, pachacha na esteira", limpinho, cobrava adiantado porque havia uns magalas lá do sítio que tinham a mania de ir dar uma foda e depois fugiam sem pagar. Se bem que havia dias de folga do quartel em que ela facturava 20 ou 30 fardados por dia, não se podia queixar, imagino é o último que lá ia nesses dias, devia ficar a nadar"
(risos)

o nosso homem gosta de visitar este lugar, pode lá estar horas a fio sem pensar, sem sentir nada de propriamente seu,

só à escuta e com os olhos e ouvidos postos nas vidas dos outros, houve uma altura em que passava ali muito mais tempo, depois da partida abrupta dos pais, antes da chegada purificadora de Vanessa, desde aí investiu naquela mulher que seria o seu pilar durante uma mão-cheia de anos e agora é ele quem dá o flanco de uma forma inesperada e sem deixar de andar roído pela vergonha, pôr os cornos à mulher por causa de um gajo, se as pessoas sonhassem, se o senhor Castro sonhasse, um homem a preceito que lhe deu o primeiro emprego a sério e a primeira ida às putas como prémio de produtividade, precisamente naquela zona, num apartamento que hoje é um escritório de advogados, "podes escolher a que quiseres, o senhor Castro pagou 400 escudos para tu te divertires"

se ele o visse agora, angustiado e dividido entre uma mulher que ele fez decente e um paneleiro atrevido, primeiro não acreditaria, depois era homem para aviá-lo com um par de tabefes e um ralhete dos infernos, ao pensar nisso Lucas não contém uma gargalhada em alto e bom som no meio daquela amálgama de copos e petiscos, mas ninguém dá por isso, os clientes estão ocupados com a luta corpo-a-corpo que mantêm com a cerveja a rodos, os empregados mostram empenho em cumprir com os mandamentos afixados na parede do balcão, órfãos (os mandamentos) de uma sintaxe decente
V igilante
E mpatia
N ecessidade do cliente
D ar sugestões
E ficiência
não têm tempo para prestar atenção aos que falam, aos que gargalham no vazio, sozinhos, desde que paguem está tudo bem, desde que não se queixem da espuma que é demasiada, tudo cinco estrelas

"as imperiais saem iguais para todos"

quanto ao resto cada um que fale com os seus botões, que conviva com os seus fantasmas

"a cada um a sua cruz, a minha mulher fugiu com o preto mas agora também há de andar a esgaçar para ele, se ainda for viva. Aquilo é gente que não gosta de trabalhar."

Lucas ficará suspenso das chalaças dos outros durante um bom par de horas, após o que consultará o relógio de forma a não perder o último comboio, ainda assim conseguiu relaxar, a cerveja não será boa conselheira mas funciona como amortecedor, pelo menos durante esse par de horas e mais uns trocos

"se não houvesse ressaca toda a gente morria de cirrose, o amigo não acha"
(risos)

no dia seguinte os demônios lá estarão de regresso, à hora marcada.

A prática das orgias era levada tão, mas tão a sério à época do Império – pobre rima, melhor assunto – que a organização das ditas ficava muitas vezes entregue a um profissional, o baccanum, embora não haja provas inequívocas da existência desta figura tutelar. À falta do baccanum as mesmas realizavam-se, com o pretexto de agradar aos deuses. A fé sempre se moveu com à vontade por entre as pernas.

O MEDO, O TERROR DESTA PÁGINA EM BRANCO NÃO É NADA, comparado ao imenso descampado em que se tornou a cabeça de Lucas por uns breves minutos, poucos, mas os suficientes para potenciar uns gramas de arrependimento no dia seguinte, elas não matam mas moem, dizem as almas avisadas, por agora (então) tudo óptimo, umas luzes, encandeamento, suor, risos, corpo, corpos, som, gingar de ancas, já alguém aqui disse que se não houvesse ressaca não sei quê, ressaca não só de copos mas de fumos sortidos, tabaco, branca, sexo, experiências, *ah as experiências*, como diria um consumidor-tipo de um daqueles pacotes que nos prometem a felicidade à distância de 50 euros, ou apenas e só o direito à diferença possível, saltar de paraquedas, andar de helicóptero em volta do cristo-rei a quem não ousaram alcunhar de redentor, cada um sabe de si, cada um sabe da sua consciência e do que pode fazer para tentar redimi-la, salvá-la já não digo, é tarefa para criadores de universos e mesmo esses têm os seus momentos de descanso ao sétimo dia. Ou então usufruir de umas massagens com lama chocolate argila pedras óleos tudo o que houver à mão e um par de botas, daquelas para escalar, trepar, mais o rafting, que no fundo é andar de canoa e aos tombos para ficar bonito na fotografia, e ainda o ataque frontal aos paladares, gulosos (um braço estendido, uma, duas mãos exploradoras), os menus de degustação, toda a gente, todo-o-mundo é agora *gourmet*, da sopa da avó para a *vichyssoise* de autor, da roupa velha para o confitado de bacalhau, e os eflúvios de carne mirandesa, espargos, espuma de batata (avó, que raio é uma espuma de batata?), arroz *thai*, alecrim aos molhos, mil-folhas de *brie* no lugar da sandocha de queijo, e ainda o poder conduzir em circuitos de automobilismo a sério, dar piruetas em avionetas, foder com estranhos, esperem, esta não vem anunciada de forma clara embora Lucas tenha subscrito o *pack* sem quase dar por isso, e que dizer do spa, anda na boca de toda a gente, o *spa*, o *gourmet*, o *workshop*, o caralho de alguém com quem se trocou uma mão-cheia de copos e ainda menos frases de circunstância,

"queres uma experiência, Lucas?"

nas suas páginas promocionais os fabricantes de sonhos modernos não anunciam estes produtos às claras, quando muito uma sauna, há quem proporcione um pacote que se intitula *In Love* com a promessa de "mimos", que esta gente gosta de eufemismos, nada de cruezas no discurso, das práticas mais ou menos condenáveis saberão os compradores, que ainda podem brincar ao *kitesurf* e ao *bodyboard*, desbaratar copos numa prova de vinhos, andar aos tiros com balas de tinta, há mesmo de tudo, há inclusive programas que são direccionados "Para Ele", para nós, homens, pelos vistos há quem se dedique a apaparicar-nos, a mordiscar-nos a orelha, a dançar connosco ao som de malhas dos anos 1970 e 1980, um enfado, o maldito saudosismo musical que serve de pano de fundo à confusão de mãos que apalpam, que tragam, que aproximam dos narizes alheios os frascos de *Poppers* trazidos da *sex-shop* mais próxima,

"é só para relaxares, Lucas"

em benefício da vertigem dos sentidos, do calor súbito e da disponibilidade, sem olhar a caras, preconceitos, âncoras pessoais

"se a tua mulherzinha te visse agora"
"já te pedi que não fales nela"
"a sério, se ela te pudesse ver agora"

não pode fazê-lo, está longe, alheia ao que se passa a alguns
quilômetros de distância, nessa noite saiu de casa apenas para
tomar um café na Dona Bica, imediatamente antes de começa-
rem a chegar os grupos que marcam jantares com o sentido no
karaoke, até amanhã dona fulana, vou-me retirando enquanto é
tempo, não ando com cabeça para folias, muito menos sozinha,
o marido vai bem, obrigado, foi sair com um amigo, bebo a italiana depois de mexê-la no sentido contrário ao dos ponteiros
do relógio, uma superstição, o meu pai também faz isto, alguma
coisa havia de me ficar, não, não tenho medo de ficar sozinha em
casa à espera dele (marido), temos daquelas fechaduras de quatro
voltas e além disso há lá pouco que roubar, até se quiserem levar
uns trastes é um favor que me fazem
(risos)
duas ou três inalações, não mais, o *Poppers* ajuda a descontrair
mas não é remédio santo (redentor), se não estiveres para aí virado não resulta, se achares que é errado vires-te quase sem dar
por isso, deixares-te arrastar por um amante para uma situação
ambígua, podes ir saindo

"eu por mim fico" "grande, grande Lucas"

já saiu de casa irritado, a deitar fumo pelas ventas, ela voltou a
falar-lhe no saco desportivo, nos calções, na farsa, na necessidade de mantê-lo por perto mesmo tolerando esta relação aleijada

"pensei que não te importasses"
"e não"
"mas estás sempre a mandar bocas"
"só não quero que faças nada de que te arrependas mais tarde"

e então ala, direito ao regaço de João, aos caprichos de João

"é hoje que vamos conhecer os teus amigos"
"a sério?"

é hoje que vamos comer os teus amigos, sorver os teus amigos, o que quiseres, neste dia não há meias-tintas, a minha vida
já está azeda o suficiente, vamos tratar de divertir-nos, duas ou
três inaladelas, não mais (cuidado com as tonturas em demasia, com os vómitos, as queimaduras e nada de contactos com
a pele), a juntar ao rol de mais umas quantas bebidas pagas não
se sabe bem por quem, João, não saias de ao pé de mim, não me
largues a mão mesmo quando outro estiver a chupar-me, João, sabes que só vim por tua causa, João, é como naquela música saloia
do Paul McCartney, lembras-te, malditos anos 1980, um fastio, etc.,
we all stand together, uma piroseira, felicidade de fancaria, de látex,

"foder com preservativo é como comer um rebuçado sem lhe
tirar o plástico, não achas?"
(risos)

do local oficial de copos e música e olhares inquisidores para
uma casa particular, por causa do asseio, um grupo de adultos às cabriolas pela rua fora, perdoai-lhes, *queers*, eles não sabem o que fazem, quatro, cinco minutos de caminhada, chaves à porta, entrada,

"fiquem à vontade, deem-me dois segundos e eu já volto"

estamos em casa de quem, João, entras sempre nestas salga-
lhadas, João, pensou-o mas não o verbalizou, hoje não é dia de
fazer perguntas, isso nem sequer é importante neste momento,
em que já se vislumbra o dono da casa (Jorge? Rui?) a avançar em
passo cuidadoso, nas mãos uma salva em estanho carregada de
produto, daquelas que as autarquias entregam aos concorrentes
dos concursos da televisão com o objetivo de agraciar o senhor
apresentador, e por via disso ouve-se o nome do edil multiplica-
do por mil lares, que mil autarcas floresçam, já diziam os chineses com o livrinho do timoneiro apertado nas mãos

"esta salva foi comprada em Serralves"
"o quê, estás a brincar"
"sim senhor, viva o luxo"
"eu já disse ao Lucas para irmos lá, passávamos um fim de semana no Porto, passeávamos à beira rio, íamos comer umas francesinhas, salvo seja"
(risos)
"ele gosta, até vive com uma gaja"
"já te calavas com essa merda"
"eh, eh, rapazes, sem stresse, trago aqui na minha salva de Serralves (aplausos) umas carreirinhas para nos aconchegarmos, digamos que é uma ceia, vá. E a sério que a salva é de lá, até tem pormenores dos puxadores da Casa gravados no meio, só temos de aspirar o suficiente para os ver"
(risos)

com o devido incentivo tudo passa a acontecer muito depressa, a cabeça um descampado, dedos, bocas, dentes, roupas, de umas mãos para outras, instala-se uma brincadeira de cabra cega a imitar os quartos escuros de Madrid a Praga, do Strong ao Club Valentino, ou mesmo os da Cidade com o Bric à cabeça, poiso de homens-ministros do tempo da Outra Senhora, de homens-empresários, de homens-comuns, temporariamente sós.

A Lucas não fazem falta as referências exactas, deixou-se levar, sem hesitar um segundo, sem precisar de mandar vir um *pack* autenticado pelos tais fabricantes de sonhos.

"só não quero que faças nada de que te arrependas mais tarde"

E no entanto.

*Durante décadas evitaram-se muitas doenças em Roma graças
à perspicácia dos poderes públicos. A construção sistemática de
aquedutos e a implementação de sistemas de esgotos e de banhos
públicos serviam como aliados nesse combate pela saúde pública.
Mais tarde outras enfermidades acabariam por surgir, e não há
água fresca que lhes valha.*

O VÍRUS DA SIDA PERTENCE AO GRUPO DOS RETRO-VÍRUS. Quando entra na corrente sanguínea ataca sem piedade os linfócitos, que são uma espécie de glóbulos brancos, de defesas, após o que acontece uma fusão de membranas, entre o vírus e as células hospedeiras. Após juntar-se ao ADN humano começa a replicação em massa, como se se tratasse de uma onda do mal, a espuma a ameaçar lá ao fundo, a força que há de varrer o corpo todo a pressentir-se. Uma grande fatia vai na corrente.

hic phoebus unguentarius optime futuet, *qualquer coisa como "aqui Febo, vendedor de perfume, teve uma bela cópula", um dos muitos testemunhos de cariz sexual deixados pelos habitantes de Pompeia, cidade arrasada pelo Vesúvio 70 anos depois da catástrofe de Teutoburgo. Testemunho este escrito numa parede de um lupanar, de um bordel, gênero de estabelecimento que naquela cidade podia também fazer as vezes de pensão de permanência fugaz. Há inclusive quem dê por provado que algumas matronas romanas que não exerciam o ofício também visitavam aqueles espaços na companhia dos seus varões de recreio, enquanto fingiam procurar unguentos que aplacassem as maleitas dos maridos.*

O HOMEM DA CASA ESTÁ SENTADO NO SOFÁ de frente para um programa patrocinado por um supermercado de Guimarães e por uma daquelas empresas de créditos fáceis que nos empurram dinheiro pela goela abaixo, como os bárbaros europeus fazem aos gansos para lhes incharem os fígados (dos gansos) e lhes engordarem as carteiras (dos bárbaros), foie gras oblige, crédito pessoal também, é fácil acenar com dinheiro à frente do nariz dos incautos, afinal de contas hoje em dia todos temos "projetos" que queremos levar por diante mesmo que à custa de um juro obsceno, inchado, como o fígado daqueles bichos de há uns caracteres atrás, eles com o fígado, nós com o ego, na posse dos computadores armários automóveis pda consolas gps férias em cancún proporcionados por um simples telefonema, *tem um crédito pré-aprovado, e tem os melhores preços de produtos ménage em Guimarães, mas só durante esta semana*, a mesma em que o vírus dará os primeiros sinais de vida, pela calada está a ganhar raízes e força para levar por diante os seus "*projetos*", que num futuro próximo passam por espatifar a vida de Lucas, rasgá-lo por dentro, deixá-lo (deixá-los) em pedaços, há quem garanta, quem jure com os deditos cruzados em frente à boca, que as empresas de crédito instantâneo também são uma espécie de retrovírus, enfim, opiniões há-as aos montes, cada um tem uma, às vezes até mais, depende se se é vira-casacas, distraído, cata-vento, mal-intencionado, produtor de patés, mas dizia, este vírus é ardiloso, é um mangas, oferece de bandeja uma febre, uma dor de cabeça, uma fadiga generalizada que se confunde com toda a facilidade com uma gripe, das antigas ou das da moda, e graças a esse cocktail de enganos e sintomas Lucas está em casa, ligou para o emprego a dizer que não se sentia bem, logo ele que sempre amealhou a majoração dos dias de férias por nunca faltar ao trabalho, mas desta vez fê-lo, borrifou-se nos comentários que haveriam de brotar no Centro

"doente e logo a uma sexta? Ai como é bom adoecer às portas do fim de semana, é mesmo conveniente"
"coitadinho, deve estar de rastos"
"a mulher que se cuide, cá para mim deve haver alguma enfermeira nova lá no bairro que faz visitas ao domicílio"
"se está doente que venha até cá a ver se me contagia, dava-me jeito passar uns dias em casa, com a roupa que tenho para passar"

sendo certo que o discurso oficial da chefia anda mais à volta de um descanse, melhore e regresse a 100%, grato pela atenção e pela dispensa de atestado e por agora aqui estamos, a observar Vanessa que faz por cuidar do seu homem, parece até que fizeram uma espécie de acordo tácito, eu fico doente e permaneço em casa sabendo que tu acabarás por pedir dispensa do restaurante invocando o direito de assistência à família e ficarás aqui comigo, meu amor, assim sempre sinto menos remorso pelo que te tenho feito passar e o que é fato é que já vou tendo saudades das nossas rotinas, um dia a menos no ordenado de cada um também não será caso de esquadra. Já dantes a polícia irritava-se mesmo por dá cá aquela palha, à memória de Lucas vem assomando a lembrança da Armindinha, travesti que cultivava amizades e algo mais naquele Parque que agora se fez ruína, então era um deleite assistir de camarote àquele remoinho de actores, coristas, artistas de variedades, pugilistas e gente do gadanho, amigos do alheio e também alguns panascas encartados como a Armindirha, de quem nunca soube o nome verdadeiro, soube sim que os fardados da zona, instalados paredes meias com a Pensão Sevilha (águas correntes e permanências curtas e tudo o resto que se supõe) gostavam de malhar no pobre diabo, ultrajava-os aquela bichice, aquele atrevimento maquilhado e Lucas, muito miúdo, ficava muito confuso à vista daquela mulher com voz de homem que tentava agarrar-se à ombreira da porta, fazendo tudo para evitar mais uma visita forçada à dita esquadra. E lembrava-se dos cassetetes que iam e vinham por entre risos, para lhe dobra-rem braços e vontade

"a ver se é desta que ficas curado"
"se andas tanto à procura de mangalho tenho aqui um amigo que vais gostar de conhecer"

do que se passava para lá daquela porta Lucas nunca soube nada, frases como estas ecoavam-lhe na cabeça durante uns minutos, intrigavam-no, mas num ápice tudo regressava às preocupações normais de uma criança, fanfarrões autoritários excluídos. Pouco depois a família abandonaria aquela zona da Cidade e a Armindinha cairia para trás da gaveta das memórias úteis. O curioso é que por esta altura tem ela vindo à tona, embrulhada no turbilhão mental deste homem que procura razões no passado para explicar o comportamento presente, e como sempre, quando escavamos em territórios que conhecemos mal acabamos por ter surpresas e por ter de agarrar em tesouros que são ratoeiras, que não escolhemos mas que insistem em vir ter connosco, a Armindinha, os pais, a casa com saguão, as recordações num virote

"Lucas"
"hã?"
"ouviste o que eu te disse, Lucas?"
"mais ou menos"

"estava a dizer-te que vou à rua comprar meia dúzia de coisas que nos estão a fazer falta, aproveito e trago-as já hoje, ao sábado a confusão é sempre maior. Queres que te traga alguma coisa?"
"não, não"
"o jornal?"
"não, deixa estar, daqui a nada já vejo as notícias na televisão. Despacha-te, que é para vires para ao pé de mim"

e ela sabe que Lucas o diz com sinceridade, não está a fazer de conta só para lhe agradar, ela sabe que ele a adora ainda que insista em emprestar o corpo a outro, ela sabe que a correlação de forças lhe é mais favorável, ela sabe, ela sabe, e ele não vai querer trocar o certo pelo incerto, é um homem racional, que mede o que faz, tem dois ou mais dedos de testa, por amor de deus, quando lhe passar o braseiro da novidade e da transgressão há de reconhecer que Vanessa ganhou o estatuto de pilar da sua vida, reforçada por uma autoridade moral inatacável, eu cuido de ti, eu lambo-te as feridas, trato das tuas mazelas, quanto ao teu arrufo nem sequer me interessa agora saber-lhe o nome, hás de ser descartado e eu cá estarei no meu lugar, disposta a pegar-te ao colo, a embalar-te durante o período de desgosto que decidas conceder-lhe, a amparar-te o luto, eu sou a tua mulher, concedeste-me o estatuto e eu farei bom uso dele, nem penses em tirar-mo, não me deixes, não tenho jeito para personagem da *pietà* que conheço das fotografias mas que não sei identificar pelo nome correcto, sei que não tenho jeito para mãe de Jesus, ponto, não suportaria pegar em ti já sem vida depois dos martírios da cruz e do desprezo a que te tivessem votado aqueles que antes fingiam estimar-te, nem sequer sirvo para Madalena, não contes com isso, arrependimento não é comigo, admito que não gosto de tudo o que fiz mas gosto de quase tudo o que fizemos, eu e tu, do que somos hoje, do conforto que me trazes, mesmo que momentaneamente interrompido, posto em modo de espera, como aqueles ecrãs dos computadores que se compram com recurso aos créditos pessoais, fala-me dos teus "projetos", Lucas, ainda vamos a tempo de ser empreendedores, talvez apenas em nosso benefício, o que já é muito.

Este programa é patrocinado por um supermercado de Guimarães, por uma daquelas empresas de créditos fáceis, por uma mulher que se mantém firme.

Quais são os teus "projetos", Lucas, além da febre, dos vômitos, do morrer daqui a nada?

Os jogos a dinheiro e as apostas eram formalmente proibidos em Roma, o que não quer dizer que a lei fosse respeitada. Antes pelo contrário. O jogo de dados, por exemplo, era praticado compulsivamente por toda a cidade, e o próprio imperador Augusto gostava de apostar altas somas em disputas com família e amigos. Nada como o fruto proibido, nada como a hipótese de uns trocos a mais no bolso, mesmo sabendo-se que a sorte sorri pouco. E de forma selectiva.

CORRE CORRE, CABACINHA, a frase não lhe sai da cabeça, corre corre, cabacinha, corre corre, cabação, como na lenga-lenga da velha que quer escapar às feras, triunfo da esperteza saloia que faz as vezes de identidade com tanta frequência, corre corre, cabacinha, é só nisto que Vanessa pensa, Vanessa que acordou tarde e que agora já vai atrasada, leva a alma cheia de nervos e vai certa da reprimenda que há de experimentar ainda antes de passar o avental pelas orelhas, a chefe de cozinha não tem problemas em desancar quem atrasa a linha de montagem, se te atrasas falha o picar da cebola, se te atrasas falha o descascar das batatas, se te atrasas embrulham-se os almoços e sabes bem que a essa hora temos de agarrar a clientela pelos tomates (dá uma de jardineira), *a concorrência não dorme, filha* (dá uma de lombinhos), temos de jogar com as armas que temos, e atrasara-se porque dera uma palmada no botão do despertador, daqueles com um botão mais comprido, com função de *buzzer* ou de alvorada ao som de uma estação de rádio, consoante a preferência, uma pancada seca no aparelho que trouxera de casa dos pais

"leva-o, depois de a tua mãe partir nunca mais o liguei. Além disso sempre acordei cedo" "vou levá-lo, sim, nunca me habituei a acordar com o telemóvel"

"nem parece teu, quereres acordar cedo para fazer alguma coisa de útil"

"és mesmo pica-miolos, irra. Dás-me o rádio ou não?"

"já te disse, leva-o, aqui em casa já há tralha que chegue"

"agora é que acertaste em cheio"

"acertei em cheio sobre?"

"nada, esquece, a gente depois fala"

tinha-se habituado a sair do sono com o embalo das vozes da rádio, à semelhança do que a mãe fazia (suponho que por onde andes agora já não haja jogo da mala), vozes que soavam fanhosas pela necessidade de não hostilizar os microfones, hoje em dia aguentam tudo (os microfones), as vozes essas é que vão dando lugar a *gingles* pré-gravados e às playlists, também pior seria se ainda houvesse legiões de interessados em locutores ao estilo capitão romance, há que evoluir, *se começas a chegar atrasada comigo não tens sorte nenhuma, há que progredir, no que depende de mim quem não cumpre os horários não sai da cepa torta, é o mínimo*, já sabia a missa de cor e salteado e já tinha comprovado que era assim mesmo que o sistema funcionava, quem insistia em desprezar o relógio de ponto recebia a guia de marcha passados poucos meses, e sem hipótese de recurso às instâncias superiores (nunca as tinha visto, sequer), e Vanessa dispensava bem essa contrariedade, gostava do que fazia e queria evitar a todo o custo o regresso ao centro de desemprego, *descasca-me aquelas favas, e depressa, não percebes que o nosso trabalho depende umas das outras*, Vanessa tinha aprendido a gostar daquele espírito de colmeia, de interdependência com os olhos postos no resultado, tinha passado demasiado tempo rodeada de si própria e sem metas a cumprir, sem o travo doce da responsabilidade que agora a faz sentir mais completa, que lhe permite emoldurar o seu brio e o seu empenho e mostrá-los a Lucas

"vês, não te enganaste quando apostaste em mim, contra quase todas as probabilidades"

se possível usando uma daquelas molduras a imitar talha
courada, pejadas de luzes que cabriolam a um ritmo frenético,
há-as com o Sagrado Coração de Maria e com o Sagrado Coração de Jesus, os dois repletos de punhais e coroas de espinhos,
a brilharem de fé nos homens e mulheres de boa vontade, do
Martim Moniz para o mundo

"repara como me fazes brilhar, Lucas, sem ti não o conseguiria"

estes pensamentos confortam-na, permitem-lhe despachar
o dia de trabalho em duas penadas e com um sorriso nos lábios, mesmo depois do puxão de orelhas matinal *vê lá se aprendes
a chegar a horas*, uma injustiça, só aconteceu hoje, isso é tomar a
parte pelo todo, pensou-o mas não o disse, não quis arruinar a boa
disposição de fim de turno nem hostilizar as patentes altas,
até amanhã, meninas, e saiu disparada, disposta a fazer a pé o
percurso entre o restaurante e a estação de comboio,

"vais de autocarro? Se fores espera por mim"
"não, não, hoje vou a pé, não tenho pressa e assim ainda faço
umas compras a caminho da baixa"

*não tenho pressa porque o meu marido vai chegar tarde a casa,
tenho a certeza, hoje é dia de ir levar no cu, ahahaha, não faças
esse ar admirado, acaso sabes sempre onde anda o teu? cuidadinho, cuidadinho*, pensou-o mas não o disse, não quis arruinar,
etc. etc., e também não lhe apetecia estar fechada dentro de outro transporte, aturar as cotoveladas, os velhos embirrantes, *o
seu saco está a bater-me nas pernas*, pensava muitas vezes *Deus
queira que eu não chegue a velha* e até se sentia mal por isso,
no fundo deve ser complicado lidar com a perda de faculdades
físicas e mentais, sem uma voz de capitão romance que as com-
pense (às perdas), *Deus queira que eu não fique dependente dos
outros*, as cotoveladas, os empurrões, os velhos, já para não falar
na atenção que é necessário dedicar aos carteiristas, não estava para isso, a pé então, avenida abaixo, assim sempre podia

ir apreciando as propostas mirabolantes das lojas de móveis, a roda-viva das lojas de chineses, o bulício dos cafés ao final da tarde, a salgalhada de lavagantes amontoados nas montras das cervejarias com as patas presas por elásticos, a liberdade anda a passar por aqui *ma non troppo*, e assim seguia ligeira e em passo acelerado quando sentiu uma náusea súbita, como se tivesse sido atingida por estilhaço de angústia. Fraquejaram-lhe os braços e encostou-se à parede. E chorou, chorou muito, sem saber porquê, perante a indiferença de quem passava em todas as direções. Mais tarde faria um paralelo entre este comportamento e uma história que tinha ouvido contar, acerca de uma mulher que tinha pressentido o momento exacto da morte do marido. A mulher parara de abastecer o carro na área de serviço e sentara-se no chão, desfeita em lágrimas. O filho abandonara o lugar do passageiro e viera abraçá-la e não fizera perguntas, soubera imediatamente do que se tratava.

"ai mãe, não me venhas com essa história dos pressentimentos"
"Vanessa, ouve o que te digo"

estou a ouvir, mãe, foi necessário chegar aqui para te ouvir, mas agora já não te posso dar razão, é demasiado tarde, e na verdade tu é que já não me vês, tal como toda esta gente não põe os olhos em mim, não me veem encostada à parede de uma papelaria que promete amanhãs que cantam *E OS JACKPOTS CONTINUAM, ESTA SEMANA HÁ 3, VAMOS CAÇA-LOS!!!* esta gente que não pergunta *a menina sente-se bem*, ou *chavala, estás-te a safar*, é o mal de protagonizar uma história de terceira categoria que nem sequer contempla um cão das lágrimas, ou outro bicho que me alivie o fardo, que me dê esperança *VENDEMOS ENTRADAS EM DÉCIMOS DE LOTARIA, JOGUE MAIS POR MENOS!!!*, melhor será afastares-te daí rapariga, respira fundo e caminha, há qualquer coisa de errado com quem promete mudanças de vida à distância de uma aposta, sabes que isso não é para ti, sabes que é necessário suar para ter direito a melhoras e de sorte será melhor não falar, a tua (a de Lucas), está mais ou menos traçada, se a mulher do automóvel pressentiu o momento do óbito tu adivinhaste o início da *fase sintomática da infecção*, como dizem os doutores, à tua náusea correspondeu uma fadiga vincada do teu homem

"não me sinto bem, João, vou para casa"
"então?"
"amanhã falamos, estou um bocado cansado, com o estômago embrulhado... nada de especial, mas vou-me embora. Depois ligo-te."
"toma qualquer coisa, se não te sentires melhor"

apanharão ambos o comboio em direção a Massamá com uns minutos de diferença, Lucas chegará primeiro e ficará sentado no sofá com a televisão desligada a servir-lhe de espelho baço, quando Vanessa entrar dar-lhe-á um abraço, não dirão nada, saberão ambos do que se trata. E do que não se trata. Do que não se cura.

Os romanos sempre acarinharam o teatro e Plauto, criador de abundante dramaturgia, tornou-se uma referência clássica e intemporal. De entre a sua galeria de personagens sobressaía a do "escravo esperto", presente em várias peças, utilizado para introduzir o humor pícaro e antecipar o desenrolar da narrativa. O "escravo esperto" sabia sempre o que o esperava.

(Subida de luzes)
Local: Centro de Aconselhamento e Diagnóstico – CAD

MÉDICO:
A partir de agora tem de ter muita força

LUCAS:
Falar é fácil

MÉDICO:
Acredite, se não tiver confiança em si, se não procurar a ajuda dos que o rodeiam, o caminho será mais difícil

LUCAS:
É por causa dos que me rodeiam que estou aqui

MÉDICO:
É natural que sinta revolta, mas depois sentir-se-á melhor, vai ver. E vai agradecer todo o acompanhamento que puder ter, da sua família mais próxima, dos seus amigos

LUCAS:

O doutor sabe se os mortos de sida podem ser cremados?
(Luzes em *fade out*, desce o pano. Ninguém aplaude).

Os médicos sempre gozaram de elevado prestígio à época do Império. O próprio Júlio César, com o fito de impedir o regresso a casa dos emigrados gregos, concedeu-lhes a cidadania plena. Alguns anos mais tarde, Augusto mandaria expulsar os estrangeiros de Roma, abrindo uma excepção para esses mesmos médicos. Então como agora, os estrangeiros são todos iguais, mais uns são mais iguais do que outros.

NÃO PENSES QUE VAIS PASSAR OS DIAS COM O PAPEL NA MÃO a pensar na morte da bezerra (desculpa, podia ter encontrado uma expressão mais feliz), temos de agir, de nos pôr em marcha, desencanta o teu cartão de utente do SNS, tens de reactivar a ligação com o teu médico de família, e não me venhas dizer que não sabes do cartão, procura na gaveta da mesa-de-cabeceira, onde estão as tralhas que nunca se usam mas que ficam à mão de semear, deve lá estar, junto ao cartão de crédito e por baixo da fotografia da tua avó com o gato ao colo, nem sei por que é que guardas lá tanta coisa, tanta inutilidade, e não, não estou a chamar inútil à tua avó, o Senhor a tenha com ela, mas sempre foste tão organizado e agora não sabes de uma coisa que faz tanta falta, nem parece teu, aliás, esta passividade nem parece tua, não foi isso que me ensinaste

"isto já não depende de mim"

é óbvio que depende de ti, precisas de repetir os testes, precisas que o teu médico te oriente, não há tempo a perder, se tudo se confirmar hás de ter de começar o tratamento, toda a gente sabe que não há cura mas há doentes que vivem muitos anos e com qualidade de vida e disso eu não vou prescindir, compreendes, vais ficar comigo e por muito tempo, ainda temos muito que partilhar em conjunto, sem dividir a atenção com mais ninguém, se a isso estiveres disposto, claro, e não penses que vou andar a pregar-te sermões sobre a tua conduta, não sou tua mãe, não te vou recriminar, não te vou fazer negaças e dizer

"estás a ver o que arranjaste por me teres traído?"

de mim não ouvirás nada parecido, tu escolheste e eu aceitei, as condições sempre foram clarinhas como água, mas agora levanta-te dessa cadeira, foda-se, põe-te de pé, vai buscar o cartão, não aguento olhar para ti assim tão apático, temos de pôr-te a salvo e eu vou fazer tudo o que puder. Mas só se tu quiseres, só se tu me quiseres.

Daqui em diante inicia-se a jornada de luta, como se diz no chavão das centrais sindicais, unir esforços, acertar agulhas, pôr o capital de joelhos, que é como quem diz, o vírus, se ainda for possível e se o principal interessado não virar a cara à refrega, não estamos certos disso, mas adiante se verá, por enquanto esta possibilidade de farrapo humano que é Lucas é levado ao colo por Vanessa, cuja fibra redobrou nos últimos tempos, transporta o seu homem para todo o lado, sobretudo depois do segundo teste que só veio confirmar o abismo do primeiro, leva-o e trá-lo das consultas, depois de conseguir um rocambolesco acordo de folgas e turnos junto da chefe de cozinha, *é um caso de força maior, percebe*, mas explica-te senão não te posso ajudar, não posso favorecer-te em relação às outras, *então só se a chamar de parte para lhe explicar*, diz lá, já se foram todas embora, já ninguém nos ouve, e contou-lhe tudo, do adultério, das noites de raiva, das unhas cravadas nas palmas das mãos, da doença que vem tomar conta do palco, contou-lhe tudo por uma questão de necessidade, só esta mulher pode agilizar-lhe a disponibilidade no trabalho, e por uma questão de necessidade, passe a redundância, uma vez que olha à volta e só vê um tremendo vazio ocupado por uma multidão que não lhe pode valer, ainda não

teve tempo de construir uma rede de novas amizades desde que tirou os pés da lama, sabemos que a rede anterior nunca prestou e que por estes dias deverá continuar à bulha com garrotes e outros demônios, a mãe já se foi há muito, o pai antes tivesse ido também, essa é que é a verdade, tê-lo vivo não lhe traz vantagem por aí além, antes pelo contrário, mas Deus lhe perdoe a impertinência, não é a ela que compete decidir dos tempos da vida de outrem, quanto aos seus, enfim, fará como entender, *nesta altura só a senhora me pode valer, não preciso de mais nada, só de alguns dias em que eu posso ter de vir preparar os jantares em vez dos almoços, uma coisa esporádica, não pense que quero esquivarme ao trabalho,* não penso nada, filha, só preciso que me avises com uns dias de antecedência, *isto não é chantagem emocional, dona Hermínia, sou-lhe muito grata, a si e à dona Gabriela da formação,* para mas é de ser engraxadora antes que eu me arrependa
(risos)

a alusão ao engraxar trouxe um lampejo de boa disposição a Vanessa, num segundo lembrou-se dessa raça de homens que tanto a intrigava em criança, naqueles dias em que o trio familiar rumava à baixa para um passeio, ela não consegue reconstituir os trajectos, mas tem bem presente a imagem daqueles homens curvados sobre o pé de alguém, armados de um pano em vaivém frenético,

"o que é que aqueles homens estão a fazer, pai?"
"estão a trabalhar, não estás a ver? A engraxar"

é curioso como as memórias mais fortes desses passeios estão ancoradas no Inverno, Vanessa a recordar as tentativas de imitar o fumo das castanhas com o bafo lançado pela boca, quentes e boas, berrava o homem munido das folhas de lista telefônica enroladas em canudo, *foi há tanto tempo, dona Hermínia,* foi há tanto tempo quê, e no outro largo o homem vestido de Pai Natal que exercia um enorme fascínio, mesmo sobre os miúdos que já não tinham idade para acreditar n'Ele, o Pai Natal acompanhado de um burro gigante de peluche em cima do qual se tiravam fotografias, um burro, vejam só, ao invés de uma rena, animal ainda desconhecido das nossas gentes há vintena e meia de anos, Deus abençoe esta terra anacrônica, um burro das neves a fazer as vezes de animal correto, faz-se o que se pode, menina, aliás, já é tempo de ir parando com as recordações e de trocar o metro vermelho e branco pelas composições em lagarta, o presente chama, é altura de acartar com o homem consumido pelo remorso, mais do que pela doença que vai construindo alegremente os seus alicerces, quer dizer, a perda de peso, o cansaço, não ajudam, mas nada bate a sensação de ter procedido mal, os médicos (eles sabem) dizem que o coração não dói, é apenas um músculo que bombeia sangue (eles sabem), mas este homem tem a certeza de que o enxovalho e o arrependimento moram lá dentro desse músculo, este homem que se olha ao espelho e a quem o espelho mal reconhece

"o que é que eu fui fazer, Vanessa?"

di-lo mas só para si, já percebeu que ela não quer saber de lamentos choramينguice arrependimentos recriminações, quero antes que calces as luvas de boxe, Ali contra Foreman, percebes, Lucas contra o vírus, nem precisa de ser em Kinshasa, lá nem sequer deve haver burros de peluche que façam promessas de felicidade, só pretos e moscas e animais ferozes, quero que lutes e com o objetivo no KO, não há soluções de compromisso, é aqui na Cidade que tens de derrotá-lo, não penses que nos vais deixar sozinhos, a mim e ao teu parceiro, se é que ainda te importa, já falaste sequer com ele?

Já tinha falado, sim, já o tinha posto ao corrente e tinha insistido em mantê-lo afastado, *não me telefones, eu ligo-te*, sem querer ouvir mais nada, sem saber sequer se João poderia estar na mesma condição (supôs que não), por agora prefere não o ter por perto e João desempenha o papel que lhe compete, o do Outro com direito a maiúscula, não se pode dizer que não esteja habituado e vai fazendo a sua corrida pela pista de fora, já tratou de realizar os seus próprios testes, que trouxeram um resultado sem mácula e um suspiro de alívio, até é uma posição confortá-vel assistir ao enredo um tudo-nada à distância, situação que só durará até Vanessa deitar as mãos ao telemóvel de Lucas

"não penses que vou mantê-lo ao largo, como tu dizes, algu-ma responsabilidade vai ter de assumir, e não, não estou a culpá-lo de nada, o que se passa é que todo o apoio é bem-vindo, não sei que relação é que ele tem contigo mas algum carinho deve sentir por ti, suponho que não fosse só foder por foder, mas também não me interessa, ele vai estar ao corrente de tudo e decidirá como a consciência lhe mandar"

agarrou no telemóvel que não toca há uns tempos, os colegas de Lucas ainda ligaram nos primeiros dias da baixa médica, mas acabaram por distrair-se com os seus afazeres e com as suas ho-ras de almoço, aqui e ali passadas num motel nas imediações do IC19, não quer dizer que todos o façam, mas esta estrada teria muito para contar, nomeadamente acerca dos emparelhamentos ocasionais que vão acontecendo lá pelo Centro, *não quero saber de nada disso, poupem-me,* sempre foi esta a ladainha de Lucas *quanto menos informação melhor,* não vale a pena povoar a ca-beça com fantasias alheias, com espumantes e morangos e espe-lhos no tecto e quartos alheios, só achava graça quando às vezes, à segunda-feira, os profissionais da cama redonda falavam dos almoços em família do dia anterior, na companhia da mulher oficial e dos sogros, cunhados e sobrinhos, todos com os olhos postos no cozido que sempre se seguiu à eucaristia dominical, primeiro o corpo de Cristo, depois o chispe e a farinheira e ainda o suspirar discreto pela semana anterior em que se comeu por trás uma auxiliar administrativa, *não quero saber de nada disso, poupem-me,* o telemóvel, clicar com o polegar até encontrar o número do Fontes, tecla verde, sinal de chamada

"está lá, João? Olá, nós não nos conhecemos, mas isso é uma situação que havemos de resolver".

As crianças das classes abastadas tinham direito a um tutor que as preparava para a vida adulta e que lhes ensinava o equivalente às disciplinas escolares da altura. As das classes inferiores frequentavam as escolas disponíveis, aprendendo a escrever e a contar com a ajuda das suas tabuinhas de cera e dos seus estiletes. Se até aos 7 anos a responsabilidade pela educação dos petizes estava a cargo da mãe, a partir dessa altura o pai tomava a dianteira, pondo o enfoque na formação moral e cívica dos petizes, à luz da Lei das XII tábuas e do respeito pelos antepassados, a pietas. *Pior era quando os próprios pais não se davam ao respeito.*

NÃO TEM PROBLEMA NENHUM, eu hoje não posso levar-te à consulta mas o João vem cá ter, ele dá-te boleia à ida e eu espero por ti no final

"não sou nenhum inválido"

não precisas de forçar a nota, já sabemos que não és aleijado que não és uma criança que sabes cuidar de ti e então, deixa que os outros te sejam úteis, que diabo, sufoca um bocado esse orgulho que não se aguenta, vais muito melhor de carro do que de comboio, que nem sequer para perto do centro de saúde, irias cansar-te sem necessidade e sabes que todas as forças são poucas, eu também o sei, agir com cabeça, lembras-te, disseste-me isso tantas vezes que acabei um dia a pensar que já o tinha ouvido no útero da minha mãe, olha lá o disparate

"o Salvador Dalí dizia que se lembrava de ovos estrelados quando estava no útero da mãe dele"

vá lá, vá lá, parece que estás a deixar de desconversar, e quanto a esse tipo eu digo-te, de Espanha nem bom vento nem pintores sãos da cabeça, ovos no útero, está bem está, anda, veste-te, estamos atrasados, tu para a consulta, eu para o almoço "imagina que lhe apetecia molhar o pãozinho no ovo, a loucura que não seria"

estou a ver que já estás animado e até demais, aproveita e raspa essa barba antes de vestires a roupa de sair, deixa-te de pensar em ovos e lembra-te de explicar as rotinas ao doutor, tens de lhe dar a informação toda senão ele não consegue ajudar-te

"sabes bem que ele já não consegue ajudar-me, Vanessa"

e ele sempre a bater na mesma tecla, o que vale é que eu não me canso com facilidade, deve ser de também papar muitos ovos, têm muita proteína, sabias, dão pica, e tu foste escolher-me para viver contigo, que azar, viver com quem te faz orelhas moucas, já viste a desgraça, isso, ri-te, dá um ar da tua graça (mesmo com o corpo a pesar menos que uma pena), aperalta-te, sempre foste vaidoso, não o negues agora (mesmo com a pele a escamar como se te tivessem rogado uma praga da bíblia), despacha-te, homem, que o outro não tarda aí e ele também não tem todo o tempo do mundo

"não te custa falares com ele?"

o que me custa não é da tua conta, ou melhor,
o que lhe custa é vê-lo a sair de fininho, quer da narrativa, quer da vida dela, e ela a remar em sentido contrário procurando negar as evidências, a remar ritmadamente como se o quotidiano em Massamá fosse uma espécie de galé para onde alguém os relegara, ao fundo o ribombar do capataz que obriga a manter a cadência, bam-bam-bam, se parares ele para, bam-bam-bam, se largas o remo ele cai ao mar, bam-bam-bam, ainda por cima esta é uma daquelas viagens que não inclui promessa de chegada à costa, a fadiga dela, o alheamento dele acabarão por derrotá-los, mesmo sabendo-se que Vanessa recorreu à mão hesitante de João para a ajudar na tarefa

"não sei se sabes que ele está muito doente"

"eu sei"

"também deves saber o quanto isto me custa, mas o Lucas precisa da tua ajuda, eu preciso da tua ajuda, não tenho vergonha de reconhecê-lo, e o amor-próprio que me resta serve uma função: manter o Lucas connosco, à tona"

"eu ajudo em tudo o que puder"

não é segredo nenhum que cada um destes telefonemas a deixava com os olhos em brasa, com a garganta arranhada, com o orgulho aos pedaços,

"daqui a uns minutos ele está aí, agora tenho de ir ter com o meu pai"

"nem acredito que vais ter com ele"

"já tinha combinado há que tempos, disse-me que queria almoçar comigo" (mentira)

"espero que não vás lá só para te chateares"

"não lhe vou dar tempo para isso, não tenciono demorar-me muito" (verdade) "vá, e agora tenho de ir, lembra-te de levares o cartão, de contares tintim por tintim o que tens sentido com a medicação, fala-lhe de tudo"

"Vanessa, tu sabes que isto não vai…"

"já não te estou a ouvir, até logo"

e sai porta fora antes que o medo e a incerteza lhe brotem dos olhos, antes de se render às lágrimas que fazem inveja a todas aquelas fornadas de desenhos animados japoneses que consumimos na infância, íris que brilhavam como faróis, *lucy in the sky with sorrows*, ainda antes de dobrar a esquina do prédio já leva a gola molhada de impotência, mas não se pode dar a esse luxo por muito tempo, tem de apanhar o comboio para ir ter com Fernando, ele há de estar à sua espera no local combinado, um tugúrio quase paredes-meias com a Avenida, os nossos campos elíseos, "combinamos aí, come-se bem e barato"

"ótimo, mas não comeces a almoçar sem mim, como é teu hábito"

"se te atrasares já sabes que o velho não espera por ninguém, nunca esperei, aliás, não me peças que comece agora"

pelo que saltará do comboio na última estação, depois de atravessar o túnel que nunca deixou de lhe provocar um calafrio, e descerá as escadas rolantes que rasgam o miolo de um prédio que já teve a alma quase entregue ao criador; daí corpo lesto até à saída e uma corrida Avenida acima, *antes que aquele anormal comece sem mim*, mas cedo perceberá que o velho não estará para indelicadezas, pelo menos não demasiadas, percebeu na voz dela, na intenção dela, que algo de grave andará a rondá-la, *ela nunca me convidaria para almoçar, ela nunca viria ter comigo, nunca depois dos nossos últimos encontros, está feita uma impertinente, sempre disse que a mãe a deixou demasiado à solta e depois olha,* com certeza algo de estranho se passa, o mal em redor de Vanessa tornou-se palpável, espesso, Fernando quase consegue tocar-lhe

"já estou sentado à mesa, mas ainda não pedi nada, além desta cerveja. Estás boa, miúda?"

não estava, e disse-lho e contou-lhe tudo com pormenor como fizera com a dona Hermínia, somando agora a aflição e a sensação de que um homem está a escapar-se-lhe por entre os dedos, feito água, feito suor (nocturno e pestilento), feito destroço sacudido por medicamentos que parecem não estar a resultar

"tu conhecias um médico muito bom, queria pedir-te que falasses com ele"

"para ajudar esse filho da puta? Que fez o que fez e tu ainda vens pedir por ele?"

"pai"

"não pode ser filha, não te deixes rebaixar dessa maneira"

"só quero que ele viva, não percebes? Se não percebes isso, não percebes nada" quem dera que aqui tratássemos de cinema à italiana, a protagonista levantar-se-ia, lançaria o inox das azeitonas contra a impertinência do progenitor e vai de sair desarvorada, dando um pontapé no fogareiro que enfeita o passeio em frente à tasca, território livre para grelhados e sardinha ardida,

acontece que esta é uma fita mais acanhada, menos intempestiva, a moça remói o asco que lhe tolda a fala, suspira fundo, faz um compasso de espera e volta à carga

"dás-me o número de telefone do médico?"

"mas ele é desses, Vanessa? E tu achas normal? Tu não te revoltas, caramba, andou a enganar-te a torto e a direito e tu ainda tens pena? Puta que pariu isto"

"pai, o número de telefone, por favor"

entre a escrita do número num canto da toalha de papel e a saída apressada da filha Fernando há de repassar as memórias mais ou menos opacas da sua entrada na vida de jovem adulto, a trupe de marialvas que o perfilhou, os cabarés do outro lado da Avenida, as alfaiatarias de vão de escada e as outras, com clientes de classe alta e ajudantes costureiras de tez morena, tão preocupadas com o chulear como com as piscadelas de olho lançadas a partir da janela entreaberta. E as imagens difusas das sovas dadas aos paneleiros apanhados desprevenidos deste lado da margem, nas imediações da pensão Sereia. *O broche das cinco já cá canta*, dizia o poeta, e depois dessa hora faziam-se os raides punitivos, *a ver se eles aprendiam a ser homens*. E agora Vanessa embrulhada até ao pescoço com um deles, sorte macaca, a culpa era da mãe que tinha ovos estrelados no útero. Ou seria a rédea demasiado solta?

A minha filha enrolada com esta gente, eu nem acredito.

Pois nunca ouviste dizer que o Senhor castiga, homem de Deus?

A vantagem competitiva do politeísmo terá tido a ver com a quantidade de entidades poderosas às quais se poderia recorrer, algumas delas altamente especializadas em inúmeros aspectos mundanos, mesmo sabendo-se que as mesmas eram generosas e mesquinhas, benfazejas e cruéis, atentas e arrogantes. Humanas, no fundo, mas com direito a panteão. De Júpiter a Diana, passando por Apolo, Minerva ou Saturno, todos tinham direito à devoção das massas, nem sempre correspondida.

O COMBATE FAZ-SE COM AS ARMAS QUE SE TEM À MÃO. Se essas entopem, encravam, passa-se ao que não está à mão, ao imaterial, é clássico, lugar-comum, está no cânone e até num capítulo lá para mais trás, o Senhor que castiga também tem dias que nos acode, depende da disposição, das solicitações, dos níveis de atenção, concentra-te, Senhor, põe os olhos no homem que se desfaz diante dos nossos olhos, ia dizer põe os olhos no homem que se contorce diante dos nossos olhos mas é mentira, já não tem forças para tanto, a cama um campo de minas já deflagrado, estilhaços de corpo e autoestima e força de vontade, quem te mandou seguir por esse caminho, quem te enviou nessa missão senão tu, e no entanto lançaste a consumição para o colo dos outros, mesmo que sem dolo, sem que tenhas feito de propósito

"não precisam de vir cá, já sabem que estou em muito mau estado, não preciso que vocês se sintam mal por minha causa"

quando o cerne da questão não é o *precisar de*, não tens escolha, não se passa ao largo da amargura dos outros que amamos, queremos, estimamos, vamos ver-te e saímos de bola baixa depois de atestarmos a força da doença, gulosa, torrencial, a alimentar-se de ti sem interrupções, e tu deixas, ao menos esperneia, manda-a para o caralho, revolta-te, mesmo que contra nós, não te chateiam os nossos cuidados as nossas visitas os nossos iogurtes de marca própria deixados na mesa-de-cabeceira do quarto dividido com esses dois estranhos, já nada te agita, repara no quadro para o qual nos arrastaste, puseste a tua mulher a calcar o amor-próprio e a sair à liça de braço dado com o tipo que te deu a corda para te enforcares, parece um bom ponto de partida para uma daquelas séries americanas que passam nos canais por cabo, ou para uma película francesa mergulhada em neurose (como se não o estivessem todas, mergulhadas, afogadas, mesmo), do que tu precisavas era de um milagreiro que viesse soprar-te ao ouvido o mágico

"levanta-te e caminha"

de um messias que te agarrasse pelos colarinhos do pijama de flanela e que te pusesse de pé do lado de fora da cama movida a manivela e que te deixasse a experimentar a laje fria com esses pés descalços, a ver se arrebitas, estás a deixar-te ir e não foi isso que combinámos, não foi isso que eu (Vanessa) imaginei, quanto ao João não sei, ele não se exprime muito, parece que vocês têm mais coisas em comum do que os apetites da carne que vos enlaçaram, mas o que conta é que ele também anda nesta roda-viva, também se consome por tua causa, como vês tens contigo as tuas duas mulheres, as tuas consortes, e isto não é uma alusão rasca à bichice do rapaz, às vossas avarias, somos de fato as tuas mulheres que lutam para não se acharem viúvas, nem sei que parentesco é que terei ganhado em relação a ele, somos uma espécie de comadres, vá lá, à falta de mais e melhores formalidades, estás a ouvir o que te estou a dizer, Lucas, dá cá um beijo, agora tenho de sair para entregar a cartolina da visita ao João, caso contrário barram-no à entrada e também não há direito, tem andado comigo para trás e para a frente, a gastar gasolina do carro dele, um amor, já nem sei há quantos dias não ponho os pés no comboio, os passageiros da hora do costume até já devem andar a perguntar por mim,
"que é feito daquela boazuda de Massamá?"

isso, ri-te um grama que seja, eu agora vou andando, o Outro fica aqui contigo enquanto eu vou tratar de uns afazeres que não posso delegar em ninguém,

e aí vai ela com os dentes cerrados e os olhos secos, está a chegar a altura de deixar de chorar, afinal tudo tem o seu prazo de validade, lágrimas solucionam pouco ou nada, os medicamentos também não têm sido melhores aliados do que essa água e sal a escorrer pela cara abaixo, resta recorrer um pouco ao que não está ali logo à mão, já o dissemos no arranque

"João, tens aqui o cartão, se quiseres fica até ao final do horário que eu tenho uma coisa para tratar"

"queres que te apanhe nalgum sítio? Dou-te boleia para casa"

"não há necessidade, tu vais para a Amadora, não vale a pena ires até Massamá enfiado no trânsito para-arranca para depois voltares para trás. Além disso tenho mesmo de passar pela Baixa, aproveita e fica com o Lucas o mais que puderes, amanhã ligo-te para combinarmos a volta do costume"

"ok, como quiseres. Cuida-te"

"diz-lhe isso a ele, diz-lhe isso antes a ele"

cartolina entregue e pés ao caminho, num instante estará de frente para a igreja que não pensou voltar a visitar, acontece aos melhores, miúda, tu não és excepção e o Altíssimo gosta dos aflitos mesmo que seja só pela oportunidade de lhes fazer umas negaças

"cristão de última hora? Não compro"

"crente-porque-aflito? Isso é que era doce"

foi só o tempo de dar uma mirada rápida ao largo onde se vende a bebida mais doce da Cidade, o mesmo onde se fazia dos judeus churrasco, cortesia dos dominicanos e da fé verdadeira, muitos anos antes da maminha picanha salsicha toscana, trazidas à ilharga pelas novas migrações, este largo tem um poder que se pode sentir, que se pode apalpar, se tanto sofrimento já aqui teve lugar porque não uma centelha de redenção, sobretudo se contarmos com a ajuda deste templo que em 1755 liquidou fiéis aos cachos, dezenas de inocentes reunidos para rezar no dia de todos os santos (nunca serão os suficientes) e catrapus, quase não ficou pedra sobre pedra, cristão sobre cristão, posto o que se pôs mãos à obra, cuidar dos vivos, enterrar os mortos e reerguer paredes em louvor a São Domingos, as mesmas que haveriam de arder já no século XX, definitivamente paira por aqui uma inquietação, talvez por isso Vanessa pense ter encontrado o lugar certo para apelar a uma reviravolta, perdemos as talhas douradas mas temos lá o terço da pastorinha Jacinta, foi-se a biblioteca mas ficámos com o caleidoscópio de mármores e com as colunas rachadas, testemunhas mudas do que por ali se tem passado, Deus saberá se terão visto uma ou outra cura em preces passadas, a mulher desta história pelo menos foi tentá-lo

"não é por mim que eu peço"

mesmo ignorando os preceitos inerentes à adulação desse tal São Domingos, inspirador de igrejas, paróquias, freguesias, ordens religiosas. Diz-se que o mesmo rezava de corpo e alma inteiros, entregando-se a um êxtase do espírito que a todos comovia, tamanha era a devoção. Vanessa não deverá ser capaz de consegui-lo, tem os pés e o tino demasiado presos à terra, desconhecerá também que Domingos era famoso por diversificar no ato da prece, há quem garanta que terá deixado para memória futura nove modos distintos de comportar-se perante a oração, o recitar dos salmos ou o celebrar da eucaristia, por exemplo, havia vezes em que dobrava metade do corpo para a frente com tanto respeito como se estivesse na presença do Senhor, outras em que se prostrava no chão imitando os reis magos que assim admiraram o Deus Menino, outras ainda em que permanecia de pé, muito hirto, enquanto se disciplinava sem piedade, haveria muito por onde escolher, mas Vanessa não está na posse destas e doutras informações, não há lugar para outro corpo mortificado neste relato, pelo menos até ver, pelo que fará as suas preces a partir dos preceitos regulares, se acredita ou não nos resultados não temos bem a certeza, mas *mal não irá fazer*

"não é por mim que eu peço"

por agora faz como David, diz como David A ti, Senhor, eu clamo, durante o dia estendo a ti as minhas mãos, à noite, amanhã, logo se verá, pelo menos diz-lhe que lute, que não me deixe só, que tente compor aquilo que deixou estragar, caso contrário eu antecipo-me e saio de cena, não tolero ficar aqui, escreve o que te digo, ouviste? e ei-la a embrulhar-se numa inversão de polaridades, a fazer ultimatos, a mandar vir com quem tem o poder de eclipsá-la num estalar de dedos, a ela ou a quem a rodeia, ou a quem ela ama. Polegar e dedo médio juntos. Plim. Sem sequer ter largado umas moedas na caixa das alminhas. A atrevida.

Quintus Serenus Sammonicus deixou literatura que permitiu guiar a mão dos médicos, o saber dos físicos. Terá nascido em data incerta, já depois da desgraça física e moral de Teutoburgo. Tarde demais, ter-se-á pensado na altura, cedo demais, pensar-se-á hoje, época em que muitos vírus, muitas maleitas assumem ainda a forma de interrogações.

"VEM VISITAR O PACIENTE DA CAMA 3? Escusa de procurar mais"
"desculpe?"
"pode chegar aqui fora, por favor?"
"venho para a visita, houve alguma mudança..."
"pode chegar aqui fora, por favor?"

Vanessa sai do quarto como se a tivessem embebido em éter, como se andasse sobre um farrapo de nuvem cujo fim se adivinha dali a nada, a ignorância é uma bênção e na verdade ela já sabe o que se segue, não goza do privilégio do não saber, do não adivinhar

"é que não vale a pena perturbar os outros pacientes"
"os?"
"os outros pacientes. Estão a repousar e não há necessidade de os perturbar com o que tenho para lhe dizer"

e ela com a frase presa na garganta, *estão em repouso porque ninguém os veio visitar, ou seja, estão em repouso porque ninguém se dá ao trabalho de vir ver como estão, se precisam de alguma coisa, de um carinho, de uma revista, se precisam de alguém que lhes*

segure na mão quando for altura de se despedirem, que é do meu marido, mostra-mo, para onde é que o levaste?
"a senhora conhece a condição do seu marido, inevitavelmente apareceriam complicações"
ele morreu, doutor?
"perante um quadro clínico desta natureza seria sempre natural que algumas fragilidades se agudizassem"
ele morreu doutor?
"o seu marido sofreu uma crise coronária relacionada com o estado avançado da infecção e agora está numa ala de cuidados continuados. Aconselho-a a não acalentar muitas esperanças, minha senhora"
"fale claro, doutor, por favor"
"nunca mais de uma semana, minha senhora. E agora com licença, tenho de ir, se quiser ir estando a par da situação ligue para a enfermaria deste piso"

outra vez a nuvem, o éter, o ambiente de algodão que não te deixa ouvir normalmente, que te faz cambalear e andar como num sonho bom, leve, percebes que to levaram para longe da vista e que é possível que nem possam despedir-se, mas tu também não fazes questão, ele vai mesmo sair à francesa contra todas as tuas esperanças e recomendações, que filho da puta, desengana-te, mulher, abre a pestana, aliás, o monolito de bata branca tratou de fazê-lo por ti, uma semana ou menos, 168 horas ou menos, um número que nem sequer é redondo para que possas fazer uma contagem decrescente com o mínimo de decência e significado, é natural que ele também não queira dar a ver a agonia, há dois dias que te expulsa do quarto intempestivamente, a ti e ao Outro, que perdeu mesmo a capacidade de falar, de se exprimir. Será que não percebes os sinais mesmo que te entram pelos olhos dentro?
Acontece que tu não suportas que ele abrevie o tempo de saída, que ele tenha baixado as luvas, que agora, sim, faça o papel de maricas nesta história, como tal porás em marcha o teu plano b, não suportas a ideia de teres de enterrá-lo, de dá-lo à terra

ou ao fogo (ele preferi-lo-ia), que se lixem as formalidades, as exéquias, o registo do óbito na conservatória, o reconhecimento do corpo, o modelo da urna, as pegas em latão banhado a prata ou ao natural, o talhão do cemitério municipal, as flores, as coroas e o lamento que há de estar nas fitas, isso não é para ti, será talvez para este que te aguarda do lado de fora, isto se lhe restar ainda alguma consciência, algum sentido de dever

"então, que tal?"

"estava a dormir, não quis acordá-lo e saí devagarinho"

"mas pareceu-te bem?"

"na medida do possível, João. Temos acompanhado o estado dele, de ontem para hoje não podia ter arrebitado muito, mas vamos ver, amanhã logo falamos com ele"

"amanhã ainda não sei se posso vir, mas eu ligo-te durante o dia. Entretanto queres que te leve a casa?"

"olha, hoje aceito a boleia, sinto-me cansada e sempre vou sentada, sem andar a saltar de transporte em transporte. Se não te importares, claro"

"claro que não, anda daí"

trânsito lento nos sítios habituais, nem sequer é necessário ligar a rádio-notícias para ficar a saber que dali em diante é devagar, muito devagar, parece que milhares de pessoas se enchem de pânico da Cidade, desembestando em fuga desenfreada pelos canais disponíveis, como se todos formassem uma onda enorme que recua sempre que o dia ameaça terminar. Pelo para-brisas já só se avista uma floresta de sinais de stop enquadrada pela morrinha do entardecer, uma chuva miúda e batida a vento que aconselha cautela, a família prudêncio conduz o automóvel com cuidado, e no utilitário de João convive-se com os vidros semiembaciados graças à chauffage que funciona mas de forma deficiente, e ainda bem. Vanessa desenha distraidamente no vidro do seu lado, desenha com o dedo narizes e bocas sorridentes que acaba sempre por esborratar com as costas da mão. Desenha, desfaz, volta a desenhar, os gestos mecânicos acalmam-na, chega até a sentir-se culpada por nadar numa espécie de mar da tranquilidade, um mar em que a única ondulação complicada lhe chega da açoteia do costume ouve *o que te digo, criámos uma víbora na nossa própria casa, esta miúda não sente nada por ninguém, diz o pai lá do fundo, e ela se ao menos te tivesses dado ao respeito, nem sequer tens moral para me dirigires a palavra, e mais, o contacto telefónico que te arranquei a ferros foi um logro, não serviu para nada e eu que quase mendiguei por ele, mas agora com licença que é altura de trancar a porta a recriminações, vou dar as quatro voltas à chave e pendurar uma daquelas correntinhas que só te deixam aproximar o nariz e pouco mais, morra o papá, morra! Pim!*

E daí em diante Vanessa não pensa em mais nada. Se for verdade que nos instantes que antecedem a morte se repassa a vida toda em alta velocidade e correspondente definição, então não compensa estar agora a fazer balanços, a desenterrar memórias, amanhã logo se vê

"queres tomar alguma coisa antes de eu te deixar em casa? Um café, uma água?"

"não, não, agradeço o convite, mas prefiro que me leves directamente, sem escalas (risos). Sinto-me um trapo e amanhã tenho mesmo de me levantar cedo".

"Quintili Vare, legiones redde", *"Quintílio Varo, devolve-me as minhas legiões"*, *terá murmurado Augusto durante semanas a fio depois da desgraça de Teutoburgo. Esta foi uma das poucas ocasiões em que o cerebral imperador perdeu a compostura, ciente de que a partir dali se assistiria à desmoralização colectiva de Roma, confrontada com a sua própria vulnerabilidade. Varo entendeu muito rapidamente a dimensão do seu falhanço e acabou com a própria vida. Não seria o último.*

OS UTILIZADORES DA PASSAGEM SUPERIOR PEDONAL da estação de Massamá-Barcarena foram apanhados de surpresa pelo espectáculo, sendo certo que se conhecessem de antemão as intenções de Vanessa poderiam ter negociado com outros os seus lugares em tudo equivalentes aos de um camarote, daqueles de onde se tem visão privilegiada e ainda melhores reposteiros, visão de conjunto, pois claro, e a companhia dos comboios, cronicamente deficitária, poderia ter cobrado ingressos, a sociedade do espectáculo assentou praça há muitos anos, não é novidade nenhuma, e se puder haver proveito, tanto melhor, mais do que nunca é necessário dinamizar a economia, criar novos conteúdos que atraiam a atenção do público e que fidelizem, sobretudo que fidelizem, se ao menos houvesse corpos e almas desfeitos todas as semanas, mas neste caso não havia forma de adivinhar, não houve pré-aviso, assim como não houve uma nota escrita para a posteridade, o Lucas vai morrer daí a nada, o pai que se foda, o João não conta, das burocracias alguém há de tratar, o estado o sistema a segurança social a companhia dos comboios o governo a santa casa, e os que viajam a esta hora não merecem melhor, ninguém os mandou estar no sítio errado à hora errada, o Edson que vá para a terra dele, a Luana que deixe de se armar em calimero, a Patrícia que enfie pela goela abaixo o curso de gestão que só lhe atrasa o ingresso no *call-center* mais próximo, são 7h26 da manhã, o maquinista já iniciou a travagem e não podes perder o embalo da composição nem o tempo de salto, caso contrário ainda falhas o objetivo, quem sabe continuas viva e com ambas as pernas amputadas, em homenagem ao teu duplo fracasso. Na vida como na morte.

Impresso em São Paulo, SP, em fevereiro de 2016,
com miolo em off-set 75 g/m²,
nas oficinas da Arvato Bertelsmann.
Composto em Avenir Next Regular, corpo 10 pt.

Não encontrando esta obra em livrarias,
solicite-a diretamente à editora.

Escrituras Editora e Distribuidora de Livros Ltda.
Rua Maestro Callia, 123 – Vila Mariana
São Paulo, SP – 04012-100
Tel.: (11) 5904-4499 – Fax: (11) 5904-4495
escrituras@escrituras.com.br
vendas@escrituras.com.br
imprensa@escrituras.com.br
www.escrituras.com.br